Consuter la Couverture

LES
Amours des Anges,

ET

LES MÉLODIES IRLANDAISES

De Thomas Moore,

TRADUCTION DE L'ANGLAIS.

Avec Portrait de l'Auteur.

Paris.

CHEZ CHASSERIAU, LIBRAIRE-ÉDITEUR,

RUE NEUVE-DES-PETITS-CHAMPS, N° 5.

IMPRIMERIE DE J. TASTU.

MDCCCXXIII.

LES
AMOURS DES ANGES

ET LES

MÉLODIES IRLANDAISES.

IMPRIMERIE DE J. TASTU, RUE DE VAUGIRARD, N° 36.

Thomas Moore Esqr

LES
AMOURS DES ANGES,

ET LES

DE THOMAS MOORE.

TRADUCTION DE L'ANGLAIS,

Par Mme Louise Sw-Belloc,

TRADUCTEUR DES PATRIARCHES.

PARIS.

CHEZ CHASSERIAU, LIBRAIRE-EDITEUR,

RUE NEUVE-DES-PETITS-CHAMPS, N° 5.

MDCCCXXIII.

LES
AMOURS DES ANGES,
POÈME.

PRÉFACE

DU TRADUCTEUR.

En entreprenant de faire passer dans notre langue le charmant poëme des *Amours des Anges*, je ne me suis point dissimulé les difficultés de ce travail. Je n'ai pas espéré donner dans une traduction en prose une juste idée du délicieux talent de Moore, si harmonieux, si varié, si brillant. J'ai voulu seulement offrir aux Français qui ne comprennent pas la poésie anglaise, une faible partie des jouissances que m'a données la lecture de cet ouvrage, dont cinq éditions ont déjà paru en Angleterre dans l'espace de deux mois, et qui s'est déjà réimprimé trois fois à Paris.

Élevée par des Anglais, nourrie de la littérature anglaise, surtout de la poésie, j'en sens vivement les beautés, et je me

persuade aisément qu'on peut les reproduire en français avec la même verve et la
même élégance ; mais lorsqu'il faut exé-
cuter, je reviens de cette erreur. Les paroles me manquent, les expressions me
semblent décolorées. Je cherche, trop souvent en vain, à reproduire le tour énergique
et concis de l'original; je tremble que le sentiment ne m'échappe. Le temps me presse ;
la crainte qu'un traducteur plus froid,
moins idolâtre que moi des beautés qui me
ravissent, ne me devance auprès du public; tout m'attriste et me décourage.

La poésie de Moore est un diamant taillé
à facettes qui brille de mille feux, de quelque côté qu'on l'envisage. Sa muse est parée
de tout l'éclat des cieux et de la terre.
Tantôt il emprunte aux astres leurs rayons,
tantôt il colore son pinceau dans les riches
teintes de l'arc-en-ciel, où il le plonge dans
le calice des plus belles fleurs. Enfin, on
serait tenté parfois de lui reprocher l'abus
des richesses que la nature offre au poëte.
Ses vers, qu'il a su rendre harmonieux

même à des oreilles étrangères , dans une langue qui ne se prête point à l'harmonie , sont toujours d'un rythme noble et cadencé qui charme et séduit l'oreille. Ses images, tour à tour gracieuses ou énergiques , éveillent dans le cœur une foule de sensations et de tendres sentimens. Personne ne chanta comme lui l'amour, la liberté , la patrie. Autant son coloris est doux et voluptueux dans ses *Amours des Anges*, autant il est, vif et brûlant dans ses *Mélodies*. Souvent il mêle à ses élans sublimes une mélancolie rêveuse, semblable au nuage de vapeurs qui voile l'éclat du soleil. Il pleure sur l'Irlande, sa terre natale, et ses pleurs semblent féconder le sol et reproduire des héros : puis reprenant sa lyre, il chante l'espérance, il appelle au combat les descendans de ces guerriers si braves qui , malgré leurs blessures mortelles , inventaient des moyens pour donner encore à la patrie la dernière goutte de leur sang (*).

(*) Voyez le chant d'O'brien-le-Brave et la note sur l'héroïsme des Dalgais.

C'est surtout dans la traduction de ces *Mé-lodies* que j'ai regretté de n'être pas poëte, quoique j'eusse peut-être craint d'affaiblir encore davantage le sentiment qui les a dictées, en voulant le plier aux règles de notre versification. Je ne crois pas, je l'avoue, que notre langue pût se prêter à la traduction poétique de ces chants, non que le génie qui se joue des obstacles n'en pût venir à bout; mais il faudrait pour cela tant de talens et de persévérance, qu'un homme qui pourrait sentir, concevoir et recréer, pour ainsi dire, dans notre langue les beautés de certains auteurs anglais, aimera mieux assurément attacher son nom à une œuvre toute de lui, qu'à une traduction qui n'a jamais qu'un mérite secondaire. Je ne connais qu'un seul poëte français, traducteur des Anglais; c'est Delille. Assurément on ne peut lui contester un véritable mérite et un talent réel et distingué; cependant au risque d'attirer sur moi le blâme et les censures de tout le corps académique, je dirai qu'il n'a point traduit

Milton. Je retrouve bien le même sujet,
les mêmes chants, souvent le même sens,
quelquefois même, quoique plus rarement,
l'imitation du tour anglais; mais je cherche
en vain l'inspiration sublime qui a dicté le
Paradis perdu. Cette grandeur colossale,
cette *chasteté* pleine de simplicité et de
noblesse, cette poésie énergique et serrée
qui caractérisent le génie de Milton,
n'existent point dans la traduction. C'est
du talent de M. Delille qu'elle est surtout
empreinte, et non de celui de l'auteur anglais. Avec une heureuse facilité pour la
facture des vers, un peu de froideur et de
monotonie, il s'arrête aux détails, il les
soigne, il y met toute sa grâce et tout son
charme; il délaie en une page six vers de
Milton; il décrit longuement ce que celui-
ci n'a fait que nommer, et pendant ce
temps, le bel et grand ensemble lui
échappe; il en saisit çà et là quelques par-
ties, que le lecteur, guidé par lui, entrevoit à peine. Voilà pourquoi tant de
Français sont restés froids devant le

Paradis perdu, une des plus sublimes productions de l'esprit humain. J'aurais pu appuyer mon jugement de plusieurs citations ; mais ce n'est ici ni le temps ni le lieu. Je reviendrai peut-être un jour sur ce sujet que je compte traiter avec plus de développement dans un examen de la littérature anglaise, particulièrement de la poésie, que je prépare depuis long-temps, mais pour lequel il me faut encore beaucoup voir et beaucoup sentir.

Revenant à mon premier avis, je persiste à croire qu'on parviendra mieux à faire connaître à la France les poëtes anglais en les traduisant en prose qu'en vers, pourvu qu'on s'applique surtout à donner à chacun l'accent et le sentiment qui lui est propre. C'est ce que les Anglais ont peine à concevoir, eux dont la langue, riche d'images et d'expressions pittoresques, se prête plus à la poésie qu'à la prose. Cette vérité est d'autant plus triste qu'il est impossible de rendre en français le charme indéfinissable des Mélodies irlandaises.

Musicien, amant passionné de la musique, Moore a créé en anglais une harmonie égale à celle de la langue italienne. Il est le seul des poëtes de l'Angleterre qui ait pu opérer cette espèce de prodige. Le vague qui fait aussi un des charmes de sa poésie, serait à peine toléré dans
notre prose. On a beau planer dans la région des fantômes et des nuages, il faut pour
nous que chaque être ait un corps et chaque objet un nom. En exprimant une pensée, Moore en éveille mille; il dessine une
image, et il en fait apparaître une foule
dans le lointain. Il laisse au lecteur le soin
de les deviner et d'achever ses tableaux.
Cet art d'en appeler à l'homme, de le
rendre créateur à son tour, de mettre en
mouvement son cœur et son esprit, est,
selon moi, un des grands secrets du génie. Shakespeare le possède au suprême
degré; Moore l'a quelquefois.

Les considérations que je viens d'indi-
quer feront peut-être excuser les imperfec-
tions d'un travail ingrat, que je n'eusse

point entrepris, sans l'espoir de parvenir à
donner aux Français l'idée d'un génie aussi
neuf que brillant. La langue anglaise fait au
reste de si rapides progrès parmi nous,
que l'époque n'est sûrement pas éloignée
où l'on ira puiser à leur source de véritables jouissances, et où l'on ne sera plus
obligé de se contenter d'une imparfaite
traduction, comme celle que j'offre ici au
public.

PRÉFACE

DE L'AUTEUR.

Ce poëme qui, dans l'origine, avait une forme différente et une étendue beaucoup plus limitée, était destiné à faire partie, comme épisode, d'un ouvrage dont je me suis occupé à différens intervalles, pendant les deux dernières années. J'appris, il y a quelques mois, que mon ami lord Byron, par l'effet d'un hasard singulier et imprévu, avait choisi le même sujet pour une composition dramatique ; comme je ne pouvais manquer de sentir le désavantage d'arriver après un rival aussi formidable, j'ai jugé qu'il valait mieux publier sans retard mon humble esquisse, avec les changemens et les additions que le temps m'a permis d'y faire, afin de me donner la chance, en paraissant ainsi le premier sur l'horizon littéraire, d'avoir ce que les astronomes appellent un *lever héliaque*, avant que l'astre, dont la lumière devait m'éclipser, eût encore brillé.

Comme plusieurs personnes, dont je res-

pecte les opinions, pourraient me blâmer d'a-
voir fait choix d'un semblable sujet dans la
Sainte-Écriture, je crois devoir remarquer
qu'en point de fait, le sujet n'appartient point à
la Bible : la notion, sur laquelle il est fondé
(celle de l'Amour des Anges pour les femmes),
ayant pris son origine dans une erreur commise par les Septante, en traduisant un verset
du sixième chapitre de la Genèse ', seule autorité
à l'appui de cette fable (*). Le fondement de
mon poëme a donc aussi peu de rapport avec
la Sainte-Écriture, que les rêveries des derniers Platoniciens ou les visions des théologiens juifs. En appropriant ainsi cette notion à
la poésie, je n'ai fait que la fixer dans la région
des fictions, parmi lesquelles les opinions des
pères de l'Église, les plus raisonnables, et celles
de tous les autres théologiens chrétiens, l'a-
vaient classée depuis long-temps.

Outre la convenance du sujet pour la poésie, il me frappa aussi comme propre à fournir
un voile allégorique, au travers duquel je
pourrais retracer et nuancer (comme j'ai essayé
de le faire dans les Histoires suivantes) la
chute de l'ame de sa pureté originelle ; la perte

(*) Voyez la note 1re à la fin du volume.

de la lumière et du bonheur qu'entraîne la poursuite des plaisirs périssables de ce monde ; enfin les châtimens de la conscience et de la justice divine, suite infaillible de l'impureté, de l'orgueil et de la présomptueuse curiosité qui veut sonder l'abîme des secrets de Dieu. La fable charmante de Cupidon et de Psyché doit son charme principal à cette espèce de *sens voilé*, et j'ai désiré (quoique j'aie pu échouer dans cette tentative) communiquer à mon ouvrage le même intérêt *moral*.

LES AMOURS

DES ANGES.

———◆———

Le monde était dans sa fleur ; les étoiles brillantes venaient de commencer leur course radieuse, et le temps, jeune alors, comptait ses
premiers jours par le soleil ; à la lueur du crépuscule de la nature joyeuse, les anges et les
hommes s'assemblaient sur le sommet des collines et dans les riantes prairies. C'était avant
le règne de la douleur, avant que le péché eût
étendu son voile sombre entre l'homme et les
cieux. La terre alors était plus près du ciel
que dans ces jours de crime et de désolation :
alors, les yeux des mortels rencontraient sans
surprise des yeux angéliques contemplant, du
haut des airs, le monde qui s'étendait au-dessous. Hélas ! fallait-il que la passion eût déjà
profané cette belle matinée de la terre, qu'elle
eût souillé des cœurs d'origine céleste ; et, souvenir plus triste encore, que cette sombre
malédiction fût née de l'amour de la femme.

Un soir de ce printemps du monde, trois

beaux jeunes hommes conversaient sur le pen-
chant d'une colline dorée par un rayon du
soleil couchant qui semblait assoupi au milieu
des parfums. Par intervalles, ils regardaient le
ciel lointain où le jour repliait ses ailes radieuses, et leurs fronts sublimes décelaient en
eux des habitans de la patrie céleste : créatures
de lumière qui se jouent autour du Seigneur
comme les atômes dans l'éclat du soleil, et qui,
à chaque instant de la nuit et du jour, transmettent, à travers leurs innombrables légions,
l'écho de sa parole lumineuse '.

Ils parlaient du ciel, et plus souvent encore des Èves brillantes qui les en avaient
fait descendre. Cédant par degrés à la douce
influence de l'air embaumé du soir, de l'ha-
leine silencieuse des fleurs, de la lumière
adoucie qui brillait au-dessus d'eux, comme
dans leurs premiers jours d'égarement et de
bonheur, chacun raconta l'histoire de ses
amours : l'histoire de cette heure funeste, où,
semblable à l'oiseau qui abandonne son nid élevé, fasciné par des yeux séducteurs, il échan-
gea les cieux contre le sourire d'une femme.

Le premier qui parla, semblait le moins
céleste des trois; esprit d'une trempe légère,
prompt à recevoir les impressions terrestres;

dans le ciel même, il n'était pas un de ceux qui avoisinent le trône, mais il prenait place parmi les cercles étincelans qui s'étendent dans l'espace sans bornes et dont les ailes ne réfléchissent que de faibles lueurs de la lumière du centre.

Beau et glorieux, il brillait cependant d'un éclat moins pur que ses compagnons. La lumière d'Éden lui restait encore, mais altérée, mais ternie. Ce n'était pas l'amour seul qui, dans son passage rapide, avait obscurci son front; d'autres joies plus terrestres y avaient laissé leur empreinte profonde.

Tandis que la mémoire, semblable à l'explorateur des antiques tombeaux, parcourt le passé nuageux et soulève chaque linceuil que le temps a jeté sur des espérances évanouies, l'ange se recueille un instant, puis il soupire et dit :

HISTOIRE

DU PREMIER ANGE.

« Il est une terre située au loin dans l'Orient doré où la nature ne connaît pas de nuit, et s'élance sur le seuil des cieux au-devant

du jour, son glorieux époux. Un matin, que,
chargé d'une mission terrestre, je planais pour
choisir un lieu de repos, je vis du haut de
l'élément azuré (oh vision céleste et fatale !),
une des plus belles filles des hommes; je la
vis à demi-voilée dans [3] le cristal transparent d'un ruisseau, qui, sans dérober l'éclat
de ses jeunes beautés, les faisait apparaître plus mystérieuses, comme à travers les
illusions confuses d'un songe.

» Frappé d'étonnement, je la regardais fo-
lâtrer au milieu des ondes qui, en se brisant
autour d'elle, multipliaient les feux du jour
comme des diamans étincelans, tandis qu'elle
s'avançait environnée de la lumière qu'elle
venait de créer. Enfin, je descendis lentement pour jouir de plus près d'un si beau
spectacle ; mais le tremblement de mes ailes
(car le frisson du plaisir parcourait chacune
de mes plumes) vint l'effrayer, comme elle
atteignait le rivage de cette onde limpide
qui réfléchit encore aujourd'hui ses charmes :
elle s'arrêta sur le bord, semblable à la neige
que le soleil couchant teint d'un rose plus
vif. Jamais je n'oublierai ses yeux, la honte,
l'innocente surprise de cette figure brillante,

lorsqu'élevant ses regards elle m'aperçut dans
le vague des airs! On eût dit que chacune de
ses pensées, chacun de ses mouvemens étaient
enchaînés à cette rive, tant elle y demeura
immobile, semblable à l'héliotrope qui fleurit
près du ruisseau, la face tournée vers les
cieux.

» Par pitié pour la vierge surprise, quoique fuyant à regret une telle vision, je di-
rigeai mon vol vers la terre afin de cacher,
à l'ombre de mes ailes étendues, le feu de
mes regards qui déjà, je le sentais trop bien,
était trop ardent pour elle et pour moi ;
mais avant que je pusse dévoiler mes yeux
impatiens ou entrevoir le ruisseau, la vierge
s'était enfuie. Les feuilles de la forêt me
l'avaient dérobée tout-à-coup, comme un
nuage sombre reçoit dans ses bras la lune
parée de tous les charmes de sa vive et rêveuse clarté.

» Il n'appartient pas au langage d'exprimer
le pouvoir, le despotisme que la passion
exerça sur moi depuis cet instant. Jour et
nuit je parcourais les lieux voisins de cette
rive ; et dans la poursuite de cette douce lumière j'oubliais mon devoir, j'oubliais le ciel
même, tout, excepté l'image unique et sé-

duisante de celle qui m'était apparue dans cette source argentée.

» Bientôt, je vis s'écouler près d'elle de longs et heureux jours ; prêtant l'oreille à des paroles dont l'harmonie surpassait les chants des séraphins de notre bel Éden, lors même qu'échauffés par l'amour leurs accens deviennent plus magiques et plus purs ; contemplant ses yeux où brillait pour moi, beau et azuré comme la nue qu'on aperçoit au travers de la vague dormante, un ciel mille fois plus adoré que ma patrie céleste. Oh ! que m'était le paradis tant que je pouvais entendre cette voix, admirer ces regards ? quoique l'air que je respirais sur la terre fût grossier, il était épuré par son souffle ; quoique les fleurs fussent décolorées et les cieux sans éclat, dès qu'elle paraissait l'amour leur prêtait sa lumière. Dans toute la création je ne connaissais que deux mondes ; le lieu chéri et consacré où était *Léa*, l'immense et aride désert où elle n'était pas.

» Mes vœux étaient vains et mon délire plus vain encore. Pour obtenir un regard terrestre de ses yeux ou un désir coupable de son cœur, j'eusse avec joie arraché mes ailes, et j'en eusse jeté les débris dans ce feu dévo-

rant qu'on ne nomme point aux cieux. Mais
inutile espoir! elle restait pure et calme
comme le lis dont la blancheur éclate davantage sous les rayons brûlans du midi. Elle
m'aimait cependant ; elle m'aimait avec ardeur, mais ce n'était pas comme mortel.....
Non..., il n'y avait rien de terrestre dans son
amour. Elle n'aimait en moi qu'un être de
race angélique, qu'un habitant de ce séjour
radieux qu'elle avait vu si souvent dans ses
songes, de ce ciel auquel ses prières étaient
adressées chaque matin, et dont le soir elle
contemplait l'éclat en désirant des ailes pour
s'élancer de ce monde obscur vers cette libre et glorieuse région.

» Je crois la voir encore assise à mes côtés,
à la lueur rosée du crépuscule du soir, tournant la tête vers l'étoile qui apparaissait à l'horizon comme la jeune épouse qui se penche sur
le bord du lit nuptial, à cette heure de mystère
et de silence. « Oh, disait-elle, pourquoi mon
» destin ne m'a-t-il pas fait naître esprit de cette
» belle étoile [4], habitant sa brillante sphère,
» pure et isolée comme tous ces êtres rayon-
» nans, sans autre emploi que de prier et de
» briller, d'allumer mon encensoir au soleil,

2*

» et de lancer ses feux et ses parfums vers
» l'autel du Très-Haut! »

» Telle était l'innocence de la vierge que
mon crime ou plutôt le destin me faisait aimer,
et pour laquelle je brûlais d'une flamme qui
surpassait les feux les plus violens de la terre.
Si vous eussiez vu son regard lorsque mon premier aveu s'échappa de mes lèvres délirantes! Ce
n'était point l'expression de la colère. Non....
elle n'était pas irritée, mais triste. C'était
une douleur aussi calme que profonde, un deuil
qui ne permet point de larmes, tant l'amertume
qui remplit le cœur s'y fixe et s'y glace! Penser que des êtres angéliques, que moi dont elle
avait chéri l'amour comme le lien qui unissait
son ame au ciel, je m'étais précipité des hau-
teurs d'une gloire si pure dans le péché le plus
flétrissant de tous; le péché qui, de tous ceux
qui souillent l'ame, est le seul qui éteigne sa
lumière sans retour! Penser qu'elle, être humain et fragile, essayait, comme le jeune oiseau de mer, de s'élever dans une région sublime, tandis que moi, créature née dans les
cieux, la rencontrant dans ma chute du ciel, de
la lumière et du repos, je lui faisais tourner de
nouveau son vol vers la terre pour y boire avec
moi la coupe amère du péché et mourir!

» Cette nuit même mon cœur était devenu impatient du feu qui le dévorait ; le terme de mon séjour était aussi écoulé, et dès qu'un météore venait à briller entre les cieux et cette zône terrestre, les célestes *gardiens* 5 qui veillent près du trône croyaient voir rayonner l'aile de leur diligent messager. Souvent mes lèvres s'entr'ouvrirent pour prononcer le mot puissant et sacré dont se servent les envoyés du ciel, lorsque l'heure arrive de quitter cette terre et de regagner la région céleste ; une fois même il fut si près d'être achevé, que déjà mon plumage, étendu aux rayons et à la brise du ciel, commençait à s'agiter. Mon cœur faiblit, le charme fut rompu. La parole divine expira dans ma bouche en murmures confus, et mes plumes, prêtes à s'élever, retombèrent comme avant sans force et sans vie.

» Comment aurais-je pu quitter un monde que, tendre ou inflexible, elle me rendait plus cher que ma patrie, que la gloire, que l'éternel bonheur ? Comment fuir tant qu'il y avait encore une chance, un espoir de périr même par ce fatal regard ? Qu'importait le lieu où j'errais, pourvu que ses yeux y fussent attachés, qu'elle y vécût, qu'elle y respirât ? La douleur, la désolation, la mort étaient plus douces avec elle que les plus brillantes joies des cieux sans elle !

» Mais , je m'égare... Ce jour-là même on célébrait un festin , auquel accourait en foule, comme les fleurs qui se jouent dans le zéphyr brûlant de l'été , la joyeuse et belle jeunesse de cette terre brillante. Elle y était aussi, unique et reine au milieu de ses jeunes compagnes, quoique son front modeste fût encore obscurci par le nuage que j'y avais répandu le matin; le premier de honte ou de douleur qui eût terni l'éclat de sa neige printanière. Le délire s'empara de mon cœur. Excité par le tumulte de la fête bruyante , je m'abandonnai à toute cette joie frénétique, à cet élan de gaieté convulsive, que prennent pour du bonheur ceux qui n'ont jamais senti comment l'excès de la peine peut éclater en rires effrayans. Triste semblant de joie et de vie , éclair du conflit intérieur des passions , semblable aux étincelles qui jaillissent du choc des glaives pendant le combat!

» Alors, ce breuvage enivrant de la terre [6], à la fois le poison et le consolateur du cœur et de la tête de l'homme, cette liqueur enchantée qui amène à sa suite les fantômes de toutes les joies défendues , dont les gouttes , comme celles de l'arc-en-ciel, font sourire les brouillards qui entourent l'homme, brillantent la terre, et réfléchissent aussi les cieux dans leurs globes étincelans! Alors, la coupe fatale épancha pour la première fois sa liqueur sur mes lèvres [7], éclipsant tout ce qui restait encore de lumière dans mon ame égarée, et la remplissant de vaines illusions, de folles pensées, et de ce désir du mal qui nous poursuit en l'absence des rayons du ciel; semblable aux feux livides qui rampent à la surface de la terre dès que le jour a disparu.

» Écoutez maintenant la suite. Le banquet fini, je la cherchai dans le bocage où depuis peu nous nous réunissions souvent après le coucher du soleil, lorsque le monde rentrait dans le repos, à cette même heure de calme et de douce clarté. Je la trouvai.... hélas! si belle! pourquoi les anges malheureux partagent-ils avec les hommes le fatal privilége de voir [8]? Pourquoi les cieux ne sont-ils pas ornés de fleurs aussi belles que la femme? Ses yeux étaient tournés comme de coutume vers son étoile bien aimée, qui semblait brûler ce soir-là d'un feu plus pur et plus vif, tandis qu'en la contemplant, elle devenait plus brillante,

comme si ce·bel astre eût été l'urne sacrée où
ses yeux puisaient leur éclat humide.

» Il y avait dans cette scène un charme divin,
un pouvoir de sainteté, qui, si le poison du
délire n'eût égaré mes sens, eût retenu mes
transports, comme si je m'étais trouvé devant
le trône du Seigneur L'ame toute de flammes,
les lèvres desséchées de l'ardeur de mes soupirs,
je demeurais immobile de honte et de respect.
Le souvenir d'Éden revint dans toute sa force
lorsque je vis ses yeux : chacun de mes regards prouvait trop bien à la vierge timide,
combien l'amour sans frein dont je brûlais
pour elle était loin, hélas! d'être divin et
digne d'un autel si pur. Cependant elle dut
voir (oh oui, il m'est doux de penser qu'elle
le vit) quelle tendresse profonde, sincère,
sentie jusqu'au fond de l'ame, quel hommage de crainte et de respect, un ange rendait à une simple mortelle que son chaste
amour élevait bien au-dessus de lui ! et tous
les efforts de cet esprit déchu pour réprimer
l'excès du délire qui ébranlait son ame, lorsque d'une voix où la passion répandait toute
la profonde mélancolie de sa puissance, de
son immense et sombre puissance, je lui dis :
« S'il le faut,... si je dois revoler vers les cieux

» sans être aimé, sans être plaint, sans qu'un
» gage chéri donné par toi me console dans ce
» ciel solitaire.... un seul regard comme ceux
» que les jeunes amans échangent au moment
» du départ, surpasserait, même en souvenir,
» tout ce que le ciel peut maintenant m'of-
» frir de bonheur!

» Ah! que cette tête se penche une minute
» sur ce bras tremblant! que ces yeux si doux
» se fixent sur les miens sans terreur, sans une
» pensée d'effroi! que ces lèvres trop aimantes
» pour me craindre, rencontrent une seule
» fois mes lèvres tressaillantes!.... ou si c'est
» trop te demander, apporte du moins leurs
» parfums près de moi! Oh, ne tremble pas
» ainsi!... un seul regard,... un seul mot donné
» avec tendresse, et je m'envole; vois..... déjà
» mes plumes ont frémi, elles tremblent pour
» leur patrie céleste. Séparons-nous... que ta
» joue touche la mienne!... Une erreur d'une
» minute nous sera pardonnée, et l'instant qui
» suivra m'entendra prononcer la parole di-
» vine qui dirige mon vol vers les cieux. »

» Tandis que je parlais ainsi, la vierge crain-
tive, effrayée de moi et d'elle-même, se tenait
à l'écart : ainsi une fleur se roule devant le souffle brûlant du vent du midi. Mais lorsque je

prononçai (hélas ! je me le rappelle maintenant trop bien, quoiqu'égaré alors), dès
que je prononçai la parole sacrée, son front
et ses yeux se levèrent de nouveau ; une sainte
ardeur trahit la lumière soudaine qui venait
de l'éclairer : « Le mot sacré ! le mot sacré !...
s'écria-t-elle ; redis-le-moi, et je te bénirai ! »
Ignorant ce que je faisais, enflammé, déjà
perdu, j'imprimai sur son front un baiser de
feu, et je répétai la parole magique qui, jusqu'alors, n'avait frappé les oreilles d'aucune
créature vivante sortie du limon de la terre.
A peine fut-il prononcé, qu'aussi rapide que
la pensée, ses lèvres, semblables à l'écho, s'em-
parèrent du son divin. Ses mains et ses yeux
se dirigèrent aussitôt vers la nue, elle le redit
trois fois au ciel, de cet air de triomphe que
prend la foi, lorsqu'aucun nuage de crainte
ou de doute, vapeur de cette vallée de larmes,
ne s'élève entre elle et son Dieu ! A ce moment sacré tout son corps devint brillant et
radieux ; je vis se dérouler de ces épaules d'albâtre, deux ailes aussi magnifiques que celles
qui rayonnent autour du trône éternel. A mesure qu'elle s'élevait au-dessus de moi, ses
plumes flottantes brillaient à la clarté de la
lune d'une lumière pure, qu'à sa teinte igno-

rée sur cette terre je reconnus pour la lumière d'Eden étincelante au travers de son
plumage. Vision divine! Jamais, depuis le
jour où Lucifer entraîna dans sa chute le tiers
des étoiles brillantes [9], rien de si radieux ne
s'était élevé revêtu de la beauté terrestre,
pour réparer, dans les cieux, cette perte de
lumière et de gloire [10]!

» Mais pus-je contempler avec calme sa fuite
aérienne? Ne proclamai-je pas aussi trois fois
la parole puissante qui devait ce soir-là (au
ciel même, c'eût été trop de bonheur!) réu-
nir dans le paradis nos cœurs et nos ames?
Oui... je recommençai l'invocation divine,... je
priai, je pleurai, mais en vain ; pour moi le
charme n'avait plus de pouvoir. Une chaîne
pesante semblait me retenir et déjouer mes
efforts dès que je tentais de m'élever. Mes
ailes sans vigueur demeuraient immobiles,
comme elles l'ont été depuis cette heure funeste, comme elles le seront à jamais : ainsi
l'ordonne un Dieu offensé.

» Ce fut vers cette étoile lointaine que je la
vis diriger son vol à travers l'espace lumineux, vers cette île étincelante au milieu du
firmament bleuâtre que son imagination avait
si souvent visité dans ses rêves et dans ses

désirs, et qui devait être maintenant (digne récompense de sa pureté) sa glorieuse patrie de lumière!

» Une fois ,... ne serait-ce qu'une illusion?... à moitié de son vol vers cette belle sphère, dans tout l'éclat de sa nouvelle gloire céleste, je crus la voir jeter un regard de pitié sur celui qu'elle laissait ici-bas dans les ténèbres; celui qu'elle plaint peut-être encore, si un vain regret peut habiter les cieux, et que souvent elle se rappelle en regardant ce monde obscur et lointain.

» Mais bientôt cette vision passagère s'éclipsa; son éclat diminua de plus en plus jusqu'à ce qu'elle m'apparut comme un point aussi petit que ces taches lumineuses qui brillent là-bas à l'horizon, ces gouttes vivantes de lumière échappées les dernières de l'urne épuisée du soleil. Et lorsqu'enfin elle s'élança au loin dans son étoile immortelle, quand mes yeux épuisés eurent saisi le dernier rayon pâlissant de ses ailes, la lumière du ciel et de l'amour s'éteignirent à la fois dans mon cœur. J'oubliai mon origine céleste, ma glorieuse patrie; je profanai mon ame; je dégradai mon front; je savourai les joies grossières de la terre et je devins... ce que je suis maintenant! »

L'ange déchu inclina sa tête de honte ; honte qui eût seule révélé de quelle immense hauteur il était tombé, sans ces traits de flamme céleste qui animaient encore son visage obscurci ! cette sainte honte qui ne laisse pas oublier le pur honneur qu'on a perdu, dont la rougeur reste après que la vertu s'enfuit, pour marquer du moins son passage.. Une fois seulement, tandis qu'il racontait ses amours, il leva les yeux vers cette étoile heureuse et sans tache où elle habitait dans sa pureté virginale ! Il la contempla une minute ; puis, comme si quelque douleur mortelle échappée de sa douce lumière eût atteint son cœur, il frémit, baissa la tête et ne la leva plus.

Quel était le second esprit? Celui au front
superbe et au regard perçant, dont l'œil, plon-
geant au loin, contemplait la vaste étendue
des cieux et semblait pénétrer dans l'immensité, derrière les voiles de cet océan d'azur où
Dieu cache ses plus sublimes secrets. Quoique
le jour eût disparu, ses ailes diaprées étincelaient de mille feux, qu'animées de l'éclat
d'Éden, elles ne tiraient que d'elles-mêmes ;
jet rapide et continu de rayons vivans moins
lumineux qu'autrefois, mais encore si éblouissans et si vifs dans toute leur splendeur, que les
yeux des mortels s'abaissaient devant eux.

C'était Rubi [11], jadis parmi l'élite de ces brillantes créatures nommées esprits de science (*),
qui régissent le temps, l'espace, la pensée, et ne
le cèdent qu'à celui dont l'éclat surpasse le leur
comme le jour surpasse la nuit, et dont ils sont
séparés par une distance aussi vaste que celle
qui sépare chaque étoile des rivages douteux
de l'infini. C'était Rubi, dont l'œil triste recé-
lait la lumière obscurcie des jours passés ; sa
voix, quoique douce, résonnait à l'oreille,
comme l'écho de quelque retraite, réveillé

(*) Les chérubins. — Voyez à la fin du volume la
note 12.

pour la première fois d'un long repos; son sourire, si jamais le sourire brillait sur son visage, ressemblait à l'arc-en-ciel formé par la
lune, gracieux et beau, mais pâle, sans chaleur et sans vie. Son orgueil, toujours le même,
était cependant adouci et voilé par la douleur;
parfois, le feu du dédain ou de la colère se
rallumait dans son ame, mais les lueurs iné-
gales qu'il lançait, étaient fugitives comme les
dernières flammes, vives et rares, qui s'échap-
pent d'un bûcher expirant.

Tel était l'ange qui rompit le silence gardé
par tous trois, depuis que le premier esprit
avait fini l'histoire de sa chute fatale. Un éclat
céleste, évanoui depuis long-temps, brillanta
ses traits; ses lèvres douées de l'harmonie du
ciel s'entr'ouvrirent; ses yeux, son front, les
boucles de sa chevelure qui se déroulaient
comme les vagues au coucher du soleil, tout
parla, lorsqu'il commença son récit.

HISTOIRE

DU SECOND ANGE.

« Vous vous rappelez tous deux le jour où celui à qui tout obéit, assembla dans les bosquets nouvellement créés d'Éden, les puissances angéliques pour contempler [13] la merveille qu'il voulait accomplir avant d'apposer sur le monde le sceau de sa divinité : merveille alors unique, surpassant en beauté, l'homme, l'ange et les astres ; dernier prodige, couronnement de l'œuvre magnifique de la création. Au milieu du cercle des anges ravis d'admiration et de surprise, la femme ouvrit les yeux pour la première fois et contempla les cieux et la terre ; un feu rapide, échappé de ses longues paupières, parcourut chaque esprit vivant, comme le premier rayon de lumière inonda la voûte céleste.

» Auriez-vous pu oublier l'instant où le souffle de l'ame appelée à la vie, se glissait par degrés à travers ces belles formes qui semblaient devenir transparentes, à mesure que la lumière rayonnait au dedans et qu'un nouveau charme

naissait de chaque pensée nouvelle? Ainsi,
pendant l'été, attentif aux progrès de l'air vif
et chaud qui s'élève vers le milieu du jour, on
le voit faire onduler la surface brillante et silencieuse de la mer, qu'il orne sans cesse de
grâces nouvelles, en variant les riches teintes
que le ciel y déploie : ou bien encore, de même que la lumière du soir vient dorer quelque
beau temple enseveli dans l'ombre pendant le
jour, et, rayon par rayon, révèle lentement ses
beautés, jusqu'à ce qu'il brille enfin de tous
ses charmes et de tout son éclat.

» Avez-vous oublié sa rougeur, lorsque promenant ses regards étonnés sur le jardin solitaire et enchanté d'Éden, sur la mer, sur les
cieux, elle entendit le frémissement des ailes
de la multitude céleste qui disparaissait obéis-
sante à l'ordre du Seigneur? alors qu'elle rencontra les yeux des derniers anges qui, comme
moi, s'éloignaient à regret de cette scène ravis-
sante? Depuis cette heure miraculeuse, le sort
de ce nouvel être si glorieux oppressa mon
ame d'un poids magique. Nuit et jour, soit que
je m'abandonnasse à mes rêveries ou à mes
sensations, la pensée de ce qui attendait cette
brillante créature me poursuivait sans cesse ;
ce n'était pas elle seule, mais toute sa posté-

rité dans les âges à venir , tout ce sexe tendre ,
beau , faible , qui devait sortir d'une source
si pure : tout éveillait en moi l'intérêt le plus
ardent. Les formes, l'ame, les sentimens de ces
êtres privilégiés étaient encore pour moi le
plus incompréhensible des mystères du Très-
Haut.

» Dès l'instant où je fus appelé avec les chérubins pour assister au premier réveil printanier de la nature dans ces sphères florissantes,
ces fleurs lumineuses qui jaillirent au premier
souffle de l'Éternel ; dès-lors je fus condamné
à être sans cesse poursuivi par quelque nouvelle merveille, quelque œuvre sublime et sans
égale , qui s'emparait de mon ame , la capti-
vait, la ravissait et ne me laissait plus une pensée, un rêve, une parole, dont elle ne fût l'objet.

» Le besoin de connaître, cette soif insatiable
qui s'irrite à mesure qu'on l'étanche, et qui devient joie ou douleur selon la source où l'on se
désaltère , animait encore mon ardent désir
d'explorer, de découvrir (quels que fussent
les prodiges qui éveillaient en moi une nouvelle idolâtrie) , leurs causes, leur but , leur
origine, leurs facultés les plus intimes, comme
si mon existence eût été attachée au savoir.

» Oh ! quelle sublime vision furent pour moi

les astres, lorsque je les vis pour la première fois
brûler dans les airs, roulant au milieu de l'espace comme des chars vivans de lumière pré-
parés pour des Dieux ! Ils furent la première
passion de mon cœur. Infatigable, jour et
nuit, soutenu par mes ailes, je me balançais
dans leurs rayons, jusqu'à ce que tous mes sens
fussent remplis de leur brillante influence. Joie
innocente ! Hélas, combien j'eusse évité de
douleurs ici-bas, si j'eusse vécu heureux de
ces plaisirs si purs; et qu'orgueilleux et in-
quiet, je n'eusse pas brûlé de connaître la
science qui entraîne à sa suite le crime et le
malheur !

» Souvent, tant j'aimais à surprendre les secrets de cette race étoilée, je parcourais soir
et matin les lignes radieuses qui s'étendent
comme des réseaux d'or entre les étoiles et le
soleil, déliant tous ces rayons de lumière, dont
les teintes variées se confondaient ensemble.
Puis, je volais rapidement à la découverte des
astres lointains et solitaires, qui veillent, comme
des sentinelles vigilantes, sur le vide au-delà
duquel habite le chaos. Là, d'un vol silencieux, je suivais leur course à travers cette
immense solitude, interrogeant avec force
chacun d'eux sur l'ame qu'il enfermait, et son-

3*

haitant que sa douce lumière se convertît en
paroles pour me révéler ses destins.

» Souvent même ma poursuite de ces héri-
tiers resplendissans de l'espace était si passionnée, que, de crainte qu'un rayon ne m'é-
chappât dans la nuit la plus obscure, je suivais quelque comète voyageuse se dirigeant
au loin vers des points lumineux. Je me rappelle avec quel transport j'entonnais l'hymne
de gloire, lorsque de nouveaux mondes, brillans de jeunesse et de fraîcheur, semblaient
s'élancer du sein des ténèbres pour éblouir
mes yeux.

» Telle était alors ma pure ambition ; tels
étaient mes innocens ravissemens, avant que
cette nouvelle terre eût été créée pour
l'homme ; avant que dans une heure fatale j'eusse
vu se lever le plus beau des astres parmi les
fleurs du paradis ! Dès-lors tout mon être fut
changé : mon cœur, mon ame, mes sens se
tournèrent ici-bas. Celui qui venait de parcourir
cette vaste étendue où étincèlent des mondes
entassés, qui trouvait son ame à l'étroit au
milieu de cette immensité de lumières, bénissait
maintenant le plus humble, le plus vil gazon
de cette terre obscure habitée par la femme !
En vain mes premières idoles étincelaient du

haut de leurs trônes ; en vain je prêtais l'o-
reille à la musique jadis si mélodieuse qui
retentissait autour de mes sphères favorites.
Chaque pensée de mon ame à demi égarée
s'élançait vers la terre, comme l'ombre d'une
haute montagne couvre la plaine, tandis que
son sommet se perd dans la nue.

» Ce n'était pas l'amour qui enlaçait mon ame
de ses liens brûlans; encore moins cette flamme
grossière autour de laquelle il voltige jusqu'à ce qu'il meure. Non, c'était l'admiration qui faisait tressaillir mes sens devant
tous les ouvrages de Dieu ; le même ravissement, plus vif seulement, plus passionné,
plus profond; un feu ardent et sans objet,
qui n'était encore ni de l'amour, ni du désir,
mais qui planait aussi indécis que l'éclair
au-dessus des belles compagnes de l'homme,
n'attendant qu'un mot, un regard, pour se fixer
brûlant sur une d'elles.

» Puis l'ardeur inquiète, l'insatiable curiosité
de connaître les sensations de ces êtres si
beaux ; de pénétrer une seule fois sous cette
enveloppe séduisante; de voir quelles ames
animaient ces yeux brillans; d'apprendre si ces
regards, semblables aux feux du soleil qui pénètrent jusque dans les profondeurs où le dia-

mant est enfoui, pouvaient tourner leurs
rayons en dedans, et prêter à l'ame leur éclat
divin ! Tout excitait mes désirs. Plus j'entrevis,
plus j'étudiai ce sexe faible, tendre, et toujours
vainqueur, plus mon admiration redoubla.

» J'avais vu naître la première femme, Ève,
dans ce paradis splendide [14] que Dieu fit uni-
quement pour recevoir la lumière de ses yeux.
J'avais vu les anges les plus purs s'incliner au-
dessus d'elle en l'adorant. J'avais vu l'homme...
Oui, j'avais vu avec envie l'homme orgueilleux en possession de tout son amour.

» Témoin de leur bonheur si complet et si
court; témoin aussi de son erreur [15], fruit de
cette confiance facile, de cette prompte
croyance à toutes les illusions d'un cœur généreux, de cette foi dans les paroles dites avec
tendresse, qui séduit encore aujourd'hui ses
pareilles, mêlées du besoin de connaître que
je n'osais blâmer, tant je le partageais. Triste
et funeste ardeur! présage infaillible de maux,
qui, malgré sa pure et céleste origine, dénaturé, corrompu, fit descendre sur elle, sur
moi, sur tout ce qui respire ici-bas, la honte
et le péché! J'avais vu l'homme, dont l'ame était
armée de force et de vertu, entraîné à sa perte
par les premiers accens de la femme. La froide

défense de sa raison si vantée s'évanouit devant ses sourires, comme un rempart de glace
se fond aux rayons du soleil d'été. Chose plus
étrange encore! en dépit de tout, égaré par ses
conseils, chassé du paradis pour elle (et *avec
elle*, au moins c'était encore du bonheur), ne
l'avais je pas entendu, comme il la pressait faible et tremblante sur le sein qu'elle avait dévoué
au chagrin et aux remords, la nommer, le croirez-
vous?.. *sa vie, sa chère vie* (*)! Oui, tel fut le nom
enseigné par l'amour que l'homme déchu donna
à la femme, à l'heure même de sa proscription,
lorsque, cédant à son magique empire, il reçut
pour premier gage de tendresse, la malédiction du tombeau! Celle qui ouvrit à la mort
les portes du monde, était auprès de lui encore
rayonnante de la lumière d'Éden, qui se jouait
dans les boucles dorées de sa chevelure retom-
bant jusqu'à ses pieds ; si belle, avec un cœur
si tendre et une voix si douce qu'elle eût fait
oublier la perte des choses les plus chères, de
tout, excepté d'elle-même, qui redonnait la
vie et l'immortalité !

(*) *Chavah*, nom qu'Adam donna à la femme après
leur transgression aux ordres de Dieu, signifie *vie*. —
Voyez la note 16 à la fin du volume.

» Pouvais-je ne pas admirer un être doué de charmes si merveilleux, dont chaque pensée, chaque mot, chaque trait, dans la joie comme dans la douleur, dans le mal comme dans le bien, avaient reçu du ciel une si douce puissance pour bénir ou pour perdre, pour maudire ou pour sauver ?

» Le prodige ne cessa pas avec elle. Bientôt elle fut entourée d'Èves nouvelles aussi habiles dans l'art de charmer, aussi sujettes à l'erreur, aussi sûres de captiver le cœur de l'homme par la louange ou par le dédain ; de l'homme leur adorateur, constant et insensé, soit qu'elles lui apportent la gloire ou la honte. Enchanteresses de l'ame et des sens, dès qu'elles daignent sourire, à qui, depuis la première heure jusqu'à la dernière, le ciel semble avoir abandonné le monde et toutes ses destinées pour le sauver ou le perdre au gré de leur caprice !

» Oh, comment vous exprimer avec quelle impatience, avec quelle ardeur, j'aspirais à découvrir, au milieu de cette foule brillante, la merveille et la fleur de ce sexe sans égal ! un être parfait d'ame et de forme, qui, tout à moi, dans mes bras, pût m'apprendre ses pouvoirs pour séduire, pour enflammer (et si mon sort rigoureux l'ordonnait), pour tout perdre avec

elle : dont je pusse sonder le cœur et les plus
secrets sentimens comme l'abeille se plonge
dans le calice de la rose, et y savourer dans
toute sa pureté, la fleur, l'essence, les pré-
mices de l'ame de cette étonnante créature !

» Enfin, mon souhait ardent, ma vive prière,
car mes lèvres proférèrent ces vœux impies,
(que n'ose pas la langue, quand le cœur est
égaré!) ma prière fatale fut entendue...de l'enfer... ou du ciel?... Ecoutez mon récit, bientôt
vous le saurez.

» De toutes les vierges qui se meuvent comme
des visions sur ce globe, une seule était digne
de tout l'amour d'un jeune ange de lumière,
tant elle était brillante et belle. A l'orgueil de
sa démarche, lorsqu'elle rasait la terre sans la
toucher, on eût dit qu'elle était née pour habiter une sphère céleste, pour parcourir ces
plaines d'azur où ses pieds eussent rencontré
une étoile à chaque pas. Ce n'était pas seulement le charme (si prompt à séduire nos sens
ravis) de ces lèvres dont le souffle était un
bienfait ; de cette rougeur passagère et folàtre,
éclair lumineux de la pensée; de ces yeux
étincelans quelquefois de colère, mais qui, à
un mot de tendresse, redevenaient si doux, que
semblables à l'oiseau du soleil, ils semblaient

se fondre dans leurs flammes ; d'une taille aussi
flexible que les branches du jeune arbre couvertes de fleurs printanières, avec des formes
arrondies et fraîches comme les fruits qui s'en
détachent à la fin de l'été : ce n'était pas seulement cette beauté, partage de la plus belle
femme, quoique du riche excès des dons qu'elle
avait reçus, elle eût pu embellir tout son sexe ;
mais c'était l'ame étincelant dans tout son être ;
l'ame faisant briller chaque charme, et pourtant indépendante de ce qu'elle éclairait, comme
le soleil qui colore les fleurs, brillerait du
même éclat, si les fleurs ne croissaient pas
pour recevoir sa lumière. C'était tout réuni
en une seule : les grâces sans nombre, les
regards célestes, qui font la gloire des jeunes vierges, quand le temps n'a encore glacé
aucun de leurs charmes, animés par une ame
qui donnait à des beautés peut-être trop vo-
luptueuses l'empreinte de la divinité! Mélange
exquis réservé pour elle seule, de tout ce qu'il
y a de plus aimable, de plus folâtre, de plus
tendre, de plus pur, de plus noble dans la
nature des anges et dans la sienne. Voilà ce
qui m'attirait vers celle qui semblait alliée au
ciel et à moi, ma brillante sœur du paradis,
dont l'amour devait renfermer les délices de

l'un et de l'autre monde ; tout ce que l'ame cherche dans les cieux , tout ce que le cœur brûle de trouver ici-bas !

» Eussions-nous... Mais poursuivons mon triste récit, en dépit de la douleur qu'éveille le souvenir , semblable au dard qu'on agite dans la plaie. Suivez avec moi chaque pas si plein de bonheur, et cependant si funeste, qui conduisit au fond du sombre abîme, où ils périrent tous deux, l'ange déchu et la mortelle !

» Depuis l'heure où mes yeux se fixèrent sur elle, je ne la quittai plus. Planant au-dessus de sa tête, jour et nuit, à ses côtés dans ses méditations les plus solitaires , je pus bientôt lire chaque pensée qui brillait au fond de son cœur, comme les cailloux argentés apparaissent sous l'onde transparente. Là, habitaient tant d'innombrables choses qui nourrissent l'ardeur des jeunes cœurs, les désirs vagues, les tendres illusions, les rêves d'amour encore sans objet, les espérances légères et ailées qui obéissent au désir , les joies brillantes comme l'arc-en-ciel qui s'évaporent comme lui dans les pleurs, et les passions cachées sous des pensées virginales , semblables aux serpens endormis sous des fleurs. Au milieu de ces sentimens connus de tous les jeunes cœurs qui palpitent , je dé-

mêlai de hautes pensées , de nobles aspira-
tions , supérieures à tout ce qui remplit d'or-
dinaire une ame si tendre ; des sillons de lumière perçant et éclairant le vague de l'avenir ;
des imaginations grandes et libres se jouant ,
comme de jeunes aigles , aux portes des cieux !
Je découvris aussi, quelle riche et facile proie
pour l'art du tentateur ! une ardeur de savoir
telle que n'en recéla jamais une forme si belle,
depuis la première heure où Ève , bénie de
tous les fruits d'Éden, excepté d'un seul, aima
mieux tout perdre que de rien ignorer.

» Ce fut pendant ses rêves que je m'emparai
de son ame avec une douce puissance : pendant ce mystérieux crépuscule de l'esprit ,
lorsque le flambeau de la raison, à demi voilé
par les nuages des sens , dore faiblement les
images fantastiques qu'évoque l'imagination.
A la lueur de cette douce clarté, je faisais
apparaître à ses yeux surpris, de vagues et
brillantes visions, des étincelles de lumière
évanouies aussitôt qu'entrevues ; de brillans
labyrinthes n'aboutissant à rien ; de vastes
échappées, au travers desquelles on n'aper-
cevait que le vide ; des demeures célestes qui
s'entr'ouvraient pour laisser voir leur éclat,
puis se refermaient soudain et disparais-

saient sans laisser une trace : enfin, tout ce
qui pouvait animer l'espérance dans son vol,
sans lui offrir où reposer ses ailes. Tandis
qu'avec un front, aussi pur alors que le disque
argenté de la lune, rayonnant au milieu de ses
songes, je présidais à ces enchantemens. Créateur de ces prodiges fugitifs, je donnais l'espérance pour la retirer aussitôt. Je lui disais :
« Contemple ce monde de lumière ! » puis j'a-
baissais tout-à-coup le voile qui le dérobait à
ses regards.

» Bientôt, je m'aperçus, que dans la veille
comme dans le sommeil, toutes ses pensées
étaient fixées sur ces scènes mensongères, et sur
moi, être mystérieux, qui passais et repassais devant elle, à demi voilé, pour irriter encore sa curiosité. A force d'art, je m'étais rendu maître
de son imagination exaltée. Un soir, c'était
dans un lieu consacré qu'elle avait choisi pour
la prière, dans une grotte du marbre le plus
rare, creusée au-dessous de ses jardins parfu-
més. La lueur des lampes invisibles s'y glissait
furtivement, et répandait partout un éclat doux
et pur comme cette lumière mystérieuse que
l'ame invisible répand sur les traits : là, prosternée devant l'autel, en proie à toutes les sensations qui agitent la femme quand Dieu et

l'homme réclament à la fois ses soupirs. Le geste, la voix, les yeux animés par chaque pensée brûlante, qui, semblable aux nuages d'été, reste suspendue entre le ciel et la terre, trop pure pour tomber, trop terrestre pour s'élever; environnée de cette douce clarté qui se dissolvait à l'entour, comme si ces rayons eussent émané d'elle, je l'entendis s'écrier :

« Oh, idole de mes rêves ! qui que tu sois, mortel, ange, ou demi-dieu [7], trop beau, trop céleste pour jamais être à moi !

» Esprit merveilleux qui rends le sommeil si enchanteur, qu'il semble que ce ne soit plus vivre que de vivre éveillé, puisque le ciel même descend tout entier dans les songes !

» Pourquoi te perdais-je toujours? pourquoi, lorsque je te contemple ainsi que tes royaumes, laisses-tu retomber ce voile que je donnerais ma vie pour soulever une heure seulement ?

» Long-temps avant ton apparition radieuse, avant que tes merveilles se fussent emparées de mes pensées, mon ame nourrissait cette soif de lumière dont tes regards ont fait une passion.

» Il n'y a rien de brillant au-dessus, au-dessous de ce globe, dans les cieux, sur la terre, dans l'Océan, que mon cœur ne brûle ardemment de connaître, et toi, toi, par-dessus tout !

» Viens donc, esprit radieux, écarte les voiles de ta patrie céleste, soit que tu veuilles être adoré comme Dieu, ou recevoir mes embrassemens comme mortel; oh, viens !

» Amène à ta suite tous tes prodiges éblouissans, afin qu'éveillée, je puisse tout connaître et tout voir ! ou plutôt, transporte-moi à l'ombre de tes ailes dans ta sphère lumineuse, dans ton ciel, ou... oui, même *là*, avec toi !

» Démon ou Dieu, qui tiens le livre de la science ouvert sous tes yeux, permets à mes regards avides de se fixer un instant sur ses pages brillantes, et après laisse-moi mourir !

» Par ces ailes éthérées qui se frayent une route à travers un élément si plein d'ame, qu'à mesure qu'elles s'agitent chaque mouvement éveille une pensée !

» Par ces boucles dorées que l'amoureux zéphyr du paradis caressait, encore il n'y a qu'un instant, et où il a laissé son souffle parfumé !

» Par ces yeux passionnés dont l'éclat pénètre jusqu'au fond du cœur, semblable au soleil couchant dans les eaux, qui verse des flots de lumière et de feu sous les ondes !

» Par tous les charmes si puissans, je t'im-
plore, esprit lumineux et adoré ; brille cette
nuit seulement à mes yeux ravis ; cette nuit
bien heureuse, exauce-moi ! »

» Épuisée, respirant à peine en achevant ces
mots brûlans, elle laissa retomber sa tête lan-
guissante sur les marches de l'autel, comme si
cette émotion eût été la dernière : mais bientôt
tressaillant au souffle de mes lèvres qui répé-
taient ses soupirs, elle leva tout-à-coup la
tête, et m'aperçut debout sur l'autel ; non plus
resplendissant d'un éclat divin, tel que je lui
étais apparu dans ses derniers songes, mais
encore brillant et paré de la grâce des mortels.
Ma couronne de fleurs, trop radieuse pour ce
monde, était restée suspendue à la voûte étoilée ; mes ailes étaient repliées comme les éten-
dards, quand la paix condamne leur pompe à
l'oubli ; ou comme les nuages d'automne qui
retiennent les éclairs prêts à s'échapper de
leurs flancs, pour laisser briller une jeune
étoile à son lever. Je n'avais gardé que les
attributs de l'amant glorieux d'une simple
mortelle ; mes yeux peignaient un feu aussi
ardent, aussi passionné que le sien, mon
cœur brûlait des mêmes flammes ; ma faute,
mon délire étaient les mêmes ; et mon ame

égarée perdit à cette heure funeste, plus de gloire et de lumière que le ciel même ne peut en redonner.

» Et cependant cette heure !.... »

Ici l'Esprit s'arrêta, comme si les paroles cédaient aux flots impétueux de ses pensées, semblables aux cordes qui se brisent sous les doigts du Barde inspiré, quand il veut en tirer de trop mâles accens, tandis qu'appuyant fortement la main sur son front, il semblait vouloir étouffer les souvenirs qui l'agitaient ! mais bientôt tout s'apaisa. Ce réveil accidentel du feu assoupi des jours passés, ces restes d'une flamme trop dévorante et trop vive pour se rallumer, disparurent après un moment, et l'ange se tournant vers ses brillans compagnons, reprit ainsi son récit :

« Les jours, les mois s'écoulaient : en possession de tout ce que j'avais le plus désiré sur la terre, étais-je enfin heureux ? Tu lis, grand Dieu ! au fond du cœur des coupables, à travers leurs sourires, leur dissimulation, leur orgueil : tu sais de quel bonheur ils jouissent ! C'était l'angoisse la plus amère, aiguisée par l'amour et ses délices, dont elle venait interrompre les transports,

4

comme les vapeurs immondes et les lueurs
terribles échappées des Enfers, qui s'élancent
entre le ciel et les habitans du Purgatoire, au
moment où ces derniers entrevoient la région
céleste ! Le seul sentiment qui ressemblait à
de la joie, ou plutôt l'unique relâche à ma peine,
était de voir ma jeune amie heureuse. Elle,
si fraîche, si belle, si fière de son sort; et
pourtant source de tous les maux de mon âme
éperdue, après laquelle je soupirais sans cesse
et dont le charme était toujours nouveau. La
voir heureuse, réfléchir sur elle l'éclat obscurci de mon ancienne splendeur, les derniers
rayons de ma gloire qui se jouaient encore
autour de moi : sur elle, dont j'étais la lumière,
et dont l'ame adorait jusqu'à mon ombre ;
c'était, je l'avoue, une douce jouissance : le
seul et dernier éclair de joie qui me restât.
Brillante créature, si remplie d'orgueil, que les
plus hautes pensées de royauté et de do-
mination, nourries dans le cœur de la femme,
ne sont rien auprès de ce qu'elle éprouvait.
Elle ne courbait son beau et noble front que
devant le Très-Haut, tant elle était fière de
l'amour de son Chérubin [18].

» Puis, cette passion qui devenait plus forte
d'heure en heure, à laquelle son amour même

cédait par intervalles, cette soif de connaître
tout ce que la Terre et le Ciel enserrent de plus
rare : non-seulement ce que Dieu se plaît à
montrer, mais tout ce qu'il a enseveli dans les
ténèbres loin des yeux de l'homme. Ce désir,
hélas! si fatal et si dangereux, était sans cesse
encouragé par moi. Empressé de le satisfaire,
je dévoilais à sa pensée des mondes de merveilles qui, jamais avant, n'avaient brillé pour
les yeux des humains. Nous pénétrions ensemble dans les profondeurs de la terre, sous
la mer, à travers les cavernes de feu, à travers les plaines de l'air, en tout lieu où le Mystère assoupi étend son voile épais. L'Amour,
toujours à nos côtés, suivait nos courses
vagabondes, sûr de trouver une pàtrie dans
chaque élément et d'être partout adoré.

» Ce fut alors que la Nature apprit pour la
première fois à venir déposer les richesses de
tous ses royaumes aux pieds de la femme, en lui
disant : « Brillante créature, tout ce que tu
vois t'appartient ! » Alors, pour la première
fois, les diamans, semblables à des yeux qui
brillent au milieu des ténèbres, furent surpris
dans leur retraite obscure, et vinrent éclairer
de leurs rayons, la marche triomphante de la
jeune et fière beauté [19]. Alors, la perle enfouie

4*

sous les eaux où le soleil ne peut briller, comme un Esprit condamné à habiter un lieu triste et lugubre, fut aussi affranchie de sa grossière prison. Elle vint orner la femme d'un éclat que tour à tour elle donne et elle emprunte. Car jamais vierge, quels que fussent les projets ambitieux du moment, n'oublia ce puissant auxiliaire de son sexe, la parure rare, et pleine de goût, qui ajoute une nouvelle force à l'aimant de ses charmes [20]. Il n'était rien de beau, de grand, de curieux dans le domaine de mon aile légère, au fond des ondes ou dans l'air, qu'aussi prompt que son désir, je ne volasse chercher avec une vive et tendre impatience ; et lorsque je l'ai vue contempler avec admiration quelque brillante étoile, je lui ai dit : « Oh! ne la regarde pas ainsi, mon amour; hélas ! je ne puis te la donner. [21] »

»Ce n'était pas seulement les merveilles répandues avec profusion sur toute la Nature qu'elle brûlait de connaître, ni les glorieux trésors, visibles et matériels, qui brillent comme autant de lumières dans cette terre enchantée. Non: c'était tout ce qui, invisible, éthéré, habite loin des bornes de la raison humaine, enveloppé dans sa propre intelligence : le mystère de cette Source éternelle d'où découle l'esprit de vie, le

souffle de l'existence, soit qu'il anime les hommes, les anges, les fleurs ou les soleils ; les inspirations du Tout-Puissant, quand il traça pour
la première fois sur le chaos, les contours du
monde, et qu'au milieu de l'espace ténébreux,
il vit se former graduellement ce vaste et sublime tableau, comme on voit l'arc-en-ciel
sortir, teinte par teinte, de la nue pluvieuse;
puis, l'alliance que Dieu fit avec l'espèce humaine : les chaînes du Destin auxquelles il se
soumit, ainsi que l'homme, jusqu'à ce que sa
tâche glorieuse fût accomplie ; jusqu'à ce que,
par la voie de la douleur et du péché, le mal ait
enfanté le bien, la haine ait enfanté l'Amour,
et que le sort brisant sa chaîne de fer, tout re-
devienne libre et radieux !

» Tels étaient les grands mystères, quelquefois même encore plus profonds, plus incom-
préhensibles qu'elle osait apprendre et moi
enseigner, aussi loin que pouvait pénétrer la
pensée d'une femme, ou qu'un Esprit déchu
et proscrit pouvait atteindre. Remplie de ce savoir céleste, et mêlant sa pure lumière aux
fausses lueurs dont l'Imagination avait déjà
peuplé son ame, la jeune enthousiaste se li-
vrait à ses transports. Elle parlait en inspirée,
et sa race, encore plongée dans les ténèbres,

abandonnait le soin de ses autels pour courir
écouter ses accens, et contempler son saint et
beau visage. Elle parlait de choses vagues et
incohérentes ; cependant, parmi les fumées
de l'erreur que l'Imagination colore et revêt
de formes séduisantes, brillaient quelques
lueurs de la vraie Religion ! Sillons lumineux,
précurseurs du jour, qui n'ont point éveillé
le monde encore endormi, mais qui l'ont fait
tressaillir au milieu de ses rêves ! Ah ! plus
d'une vérité sublime que Dieu voulait cacher
aux hommes, jusqu'au temps qu'il avait fixé,
s'échappa dans ces révélations. Obscures pro-
phéties qui ont devancé de plusieurs siècles le
brillant Sauveur(*) ! Semblables à ce crépuscule
imparfait, à cette faible lueur s'échappant des
signes du Zodiaque [23], qui éclaire à demi l'O-
rient douteux avant la véritable apparition
de l'Aurore.

» Ainsi s'écoulèrent quelques mois de bon-

(*) Quelques-uns des Pères de l'Eglise pensent que la
connaissance, que possédaient les Païens, de la Providence
de Dieu, d'une vie future et des autres sublimes doctrines
du Christianisme, doit être attribuée aux révélations pré-
maturées que les anges déchus firent aux femmes de la
terre. — Voyez la note 22 à la fin du volume.

heur : de bonheur pour celle qui ne voyait
qu'amour et savoir sur la terre et dans les
cieux. Ses yeux et son cœur amoureux con-
templaient en moi un rival du soleil, la lumière
de tout ici-bas, l'Esprit de la mer, de la terre,
et de l'air, dont l'influence, sentie partout,
avait pour centre le cœur de Lilia, et s'étendait jusqu'aux extrémités du monde. Elle, aussi,
parcourait ce monde d'un vol élevé et rapide,
perdant de vue la terre pour ne voir que les
cieux, dont son imagination, orgueilleuse et
libre, lui montrait déjà les portes entr'ouvertes!

» Heureux enthousiasme! Ah! en dépit du
froid mortel de mon cœur; en dépit de cette
hideuse douleur qui plonge à la fois ses regards
dans le passé, dans l'avenir, qui contemple la
veille et le lendemain, et les voit tous deux
tristes et désolés : oui, en dépit de mes souffrances, j'eusse pu encore tout oublier en la
voyant heureuse, ou, si ma peine eût repoussé
l'oubli, je me serais du moins résigné sans
murmures. Lorsque la pensée d'un Dieu offensé
venait m'accabler d'effroi; lorsque le souvenir
de ma faute, que, tout en me précipitant dans
l'abîme, je savais bien devoir être irrémissible,
éveillait dans mon ame une angoisse qu'aucune
douleur humaine ne peut atteindre : torture

réservée à ceux qui connaissent toutes choses,
et, des supplices le plus affreux! qui connaissent
et aiment la vertu en la perdant ! Alors même,
sa présence me calmait, adoucissait mes maux,
me rendait à la vie et presque au bonheur; si
jamais sa fleur délicate a pu s'épanouir sur une
tige si remplie d'amertume. Son sourire radieux m'apportait la chaleur et la lumière, sinon
le repos; comme la clarté de la lune luit sur la
mer agitée, et brillante la tempête qu'elle ne peut
pas calmer. Souvent aussi, cette crainte acca-
blante qui s'empare de tous ceux qui aiment
ici-bas, lorsqu'ils contemplent les objets chéris
de leur tendresse; la terrible pensée de la
Mort s'offrait à moi dans toute son horreur!
Pensée désolante qui se mêle aux plus douces
joies de l'homme, qui le poursuit dans sa demeure, dont le triste présage couvre d'un voile
funèbre les plus brillans dons du ciel, ternit
la fraîcheur de l'enfant, et creuse un tombeau
sous les pas des jeunes amans! Crainte si triste
pour tous, et pour moi plus amère encore par
la pensée qu'il faudrait continuer de vivre
après qu'elle aurait disparu, comme la neige,
tombée hier dans les flots! Moi, à qui le Ciel
avait refusé le sceau de toutes les misères humaines, et qui devais sentir éternellement l'ai-

guillon de la Mort sans pouvoir mourir ! Eh
bien, ces cruelles angoisses cédaient au charme
de ses tendres caresses (jamais plus vives
étreintes ne resserrèrent l'union de deux cœurs);
ses doux regards dissipaient tous les nuages ;
ou s'ils demeuraient, leur sombre obscurité
disparaissait sous un nouvel éclat. Il y avait
dans son souffle embaumé une fraîcheur qui
semblait défier la puissance de la mort ! Et sa
voix; oh ! qui eût pu douter que ses mélodieux
accens, trop doux pour mourir, seraient immortels comme l'harmonie des sphères célestes!
Ses lèvres frémissantes recélaient une vie d'am-
broisie, semblable à celle qui fermente dans le
fruit baigné de la rosée délicieuse d'Éden. J'aurais pu croire parfois, quoique je les eusse con-
nues et aimées comme mortelles, qu'elles
étaient devenues, à force de délices, aussi célestes que les miennes !

» Mais hélas ! il n'est pas au pouvoir du pécheur coupable d'être long-temps heureux ! elle,
aussi, fut enveloppée dans les ténèbres du péché.
Ténèbres de mort, qui tuent tout ce qu'elles tou-
chent, trop profondes pour que *son* ame pût les
percer, et fuir la désolation qu'elles apportent ! Écoutez, et s'il reste une larme dans
vos cœurs, pleurez sur moi.

» C'était le soir d'un jour que nous avions dissipé en rêves d'amour ; dans ce même jardin, où, me glissant sous la terre silencieuse, dépouillé de ma couronne, et repliant mes ailes dont l'éclat était trop éblouissant pour les yeux des mortels, je lui étais apparu pour la première fois ; là, je m'étais vu, oh! délices que le comble de la douleur ne peut faire oublier! oui, je m'étais vu adoré comme Dieu seul doit l'être, et aimé comme jamais homme ne le fut! Nous étions tous deux dans ce jardin, pensifs, appuyés l'un sur l'autre ; les yeux de Lilia étaient tournés vers le ciel, et son front brillait de ses silencieuses rêveries. Jamais soirée plus calme et plus belle ne rougit les vagues et les bosquets, souriant du haut des cieux, comme si le mal n'eût osé se montrer à une heure aussi douce. Cependant, je me le rappelle, nous devînmes tristes en regardant cette clarté. Lilia, au cœur si jeune et au front si joyeux, sentit elle-même l'imposante et muette solennité de l'heure, et crut voir dans ce repos, non-seulement la mort de la lumière, mais celle de tout ce monde enchanté; la fin de toutes choses belles et brillantes, le dernier coucher du soleil, dans les rayons duquel la Nature elle-même expirait avec calme !

» Enfin, comme si quelque pensée, s'éveillant tout-à-coup, agitait son sein, semblable au jeune oiseau que le point du jour surprend au milieu de ses rêves, elle tourna vers moi ses grands yeux noirs, qui, dans les émotions de la joie, de la colère, de la surprise, s'ouvraient comme pour laisser échapper plus d'ame. Posant sa main caressante sur ma tête, elle sourit et dit :

« J'ai eu la nuit dernière une vision semblable à ces rêves divins qui te précédaient, comme le prélude d'une douce mélodie, avant que tu descendisses toi-même des Cieux. Aussi éblouissante que si elle eût été formée de la lumière des étoiles, la même guirlande ornait ton front ; tes ailes, maintenant sombres et immobiles, étincelaient en s'agitant autour de toi, semblables à des météores enflammés.

» Tout rayonnant comme dans ces rêves heureux, tu appelais l'adoration autant que l'amour : Être divin, exhalant la lumière par tous les pores comme les fleurs exhalent les parfums !

» Tout-à-coup, je me sentis attirée vers ton cœur, où, tendrement pressée, je me vis enveloppée dans cet atmosphère lumineux émané de toi.

» Tandis que tu me tenais ainsi sur ton sein, la flamme passa de ton ame céleste dans la mienne, et comme toi, ô moment trop délicieux ! je devins tout esprit, toute divinité !

» Dis, pourquoi ce rêve si brillant m'a-t-il visitée, s'il faut qu'au réveil il s'efface et s'enfuie ? Quand mon Chérubin brillera-t-il devant moi aussi radieux qu'il brillait dans le ciel ?

» Quand pourrai-je, éveillée, contempler ces charmes parfaits, te tenir ainsi embrassé sans qu'un nuage, ou un brouillard terrestre s'élève entre nous ?

» Oh ! quel orgueil de dire : Voici mon ange, il est à moi ! divin, pur, éblouissant, nouvellement descendu des cieux, il est à moi, il est à moi !

» Penses-tu que si Lilia eût été, comme toi, une habitante de ce ciel lointain, elle eût voulu dérober une seule de ses grâces, un seul rayon de sa gloire, aux yeux de son amant ?

» Non, non ! Si tu aimes autant que moi, brille donc, jeune Esprit, de tout l'éclat de ta divinité superbe, ne crains point de blesser les yeux d'une mortelle !

» J'ai trop long-temps soutenu le feu de tes regards ardens, je les ai trop souvent cherchés avec amour, comme à cette heure encore : mes

yeux se sont trop approchés des astres pour
redouter la plus sublime et la plus lumineuse
vision !

» Ne doute donc plus de moi ! Oh ! qui sait
si ce rêve ne s'accomplira pas, et si mon esprit
bienheureux ne s'enivrera pas de tes rayons,
jusqu'à ce qu'il devienne aussi tout céleste ?

» Que je sente une seule fois la flamme de
tes ailes étendues, l'orgueil changera ma nature, et ta seule approche déifiera mon être ! »

» Ainsi parlait la vierge, comme inaccou-
tumée aux refus de Dieu, ou des hommes. On eût
dit que, certaine de son influence sur toutes les
créatures, quelles qu'elles fussent, et ne pou-
vant s'élever jusqu'aux cieux, elle voulait du
moins les faire descendre jusqu'à elle !

» Hélas ! elle et moi ; oui, moi-même, dont
l'ame n'était qu'à demi-plongée dans la nuit du
péché, comme la planète où nous vivons n'est
éclairée du soleil que d'un seul côté, nous étions
loin tous deux de prévoir le sort effroyable....
Où trouver des paroles ? Oh Dieu ! Peindre de
telles angoisses, c'est encore les sentir... mais
mon cœur accablé d'amertume se brisera, s'il
n'exhale sa douleur !

» Quelques sombres pressentimens avaient, je
l'avoue, traversé un instant mon cœur : la

crainte d'un danger vague, inconnu, qui mena-
çait l'un de nous, et peut-être tous deux ! la
pensée des suites funestes que pouvait avoir
cette orgueilleuse demande. Mais bientôt ces
tristes présages s'évanouirent : je ne vis plus
rien qui pût s'opposer à mon entière révélation : rien, que la crainte de ce premier
éblouissement, à la vue d'une gloire éclatante,
se dévoilant tout-à-coup à des yeux que la lumière du ciel n'avait pas éprouvés : encore,
l'amour et ses soins caressans pouvaient-ils lui
apprendre à supporter cet éclat, comme les
jeunes aigles supportent celui du soleil ; car je
savais bien que le feu répandu sur mes ailes,
lorsqu'elles se déployaient avec orgueil, était
d'une nature fugitive, pure et innocente,
comme la lumière que le vert luisant suspend
la nuit aux branches des arbres pour appeler
sa compagne sous son vert bocage. Souvent,
dans mon vol rapide, j'avais sillonné les nuages
où dormait la foudre, prête à s'élancer de sa retraite, et je ne l'avais pas éveillée, quoique des
milliers d'étincelles tombassent en pluie de
mes ailes. Souvent aussi, la neige légère
(que j'aimais dans mes jours d'innocence, à
cause de sa blancheur) descendait de la nue
autour de moi, semblable aux plumes de la

colombe des cieux, et la guirlande, qui ceignait
mon front, brillait d'un feu si céleste, qu'en
agitant ses fleurs, chaque flocon s'en détachait
aussi pur, aussi entier, aussi beau, aussi glacé
que lorsqu'il y était tombé!

» Ma Lilia elle-même, n'avais-je pas vol-
tigé autour d'elle, pendant son sommeil? N'a-
vais-je pas plané au-dessus de ses beautés, et
promené sur toutes mes lèvres radieuses? Et
cependant, ne s'était-elle pas éveillée le matin, de ce doux repos, fraîche et brillante
comme la rose, confiante et sans tache, qui a
reçu toute la nuit les baisers de la mouche de
feu? Même, lorsque les rayons que je lançais
se glissaient jusqu'au fond de son ame assoupie,
aucun tressaillement n'agitait ses membres immobiles, tant était subtile et éthérée la flamme
qui, aussi vive que l'éclair qui fond le glaive
sans toucher au fourreau, pouvait atteindre
l'ame et la dissoudre sans se faire sentir au corps!

» Délivré de tout sujet d'alarme (je le
croyais, hélas! aveuglé par mon péché),
contemplant ces yeux noirs fixés sur les
miens, comme si les cieux n'attendaient pour
s'ouvrir qu'un signal de moi, pouvais-je lui
rien refuser? Pouvais-je dire un mot qui eût
pu éveiller dans son cœur une crainte, un seul

doute que les rayons que j'apportais du ciel ne lui appartenaient pas tous ? Assis à ses côtés, je me levai lentement, tandis que, debout aussi, muette et tremblante, non d'effroi, mais toute espérance, tout désir, elle attendait l'accomplissement solennel de ma promesse, comme les prêtresses épient d'un œil enflammé le lever du disque de la lune, dont les rayons (elles le savent et ne peuvent l'éviter) doivent les plonger dans le délire. Rien ne manquait à ma gloire que la couronne éblouissante, qu'en descendant des Cieux, pour la dernière fois, je laissai là-bas... où vous voyez ces nuages qui voyagent à l'Occident. Là, elle est encore suspendue, étincelant dans le lointain, plus semblable à une étoile qu'au diadème d'un ange déchu. Je ne l'avais plus ; mais mon front lumineux était couronné des boucles de ma chevelure dorée par les feux du soleil (*); mes yeux, brillant du double éclat du ciel et de l'amour, répandaient une lumière inconnue à eux-mêmes, tandis que de mes ailes étendues jail-

---

(*) L'image anglaise m'a paru trop hardie pour la langue française. La voici : « Les boucles de ma chevelure étaient semblables à de jeunes bourgeons qui croîtraient dans le soleil, et s'élanceraient hors de son sein. »

lissait, comme de deux sources radieuses, une nuée d'étincelles, semblable à la rosée d'écume qui jaillit d'une cascade. Tout ce que j'avais gardé de la parure des cieux, de ce riche appareil que revêt un Chérubin au plus beau jour de pompe, je m'en étais orné. Fier de briller à ses yeux de tout l'éclat divin, je me glissai dans ses bras qui étaient restés ouverts pour recevoir l'amant qu'elle n'osait contempler, lorsque, (incapable de soutenir une vue si resplendissante,) sa tête était retombée sur son sein.

» Grand Dieu! comment ta vengeance a-t-elle pu s'appesantir sur un être aussi brillant! Comment la main qui créa de tels charmes a-t-elle pu les anéantir dans les bras mêmes de l'Amour! A peine avais-je touché son corps frémissant, que je sentis.... ô affreux souvenir! Oui, je sentis chaque étincelle de ce feu, si pur quand j'habitais parmi les astres, se convertir, dénaturé par mon crime, en un feu terrestre et grossier qui consumait tout ce qu'il touchait, aussi rapidement que l'œil pouvait suivre ses flammes dévorantes, jusqu'au moment (oh Dieu, pourquoi te vengeas-tu sur elle?) où je la vis réduite en cendres entre mes bras! Ces joues rayonnantes de bonheur, ces lèvres dont l'approche

était pour moi , ce qu'est à la soif d'un ange
nouvellement créé , la première et glorieuse
coupe d'immortalité! ces bras dont la douce
étreinte formait l'horizon de mon cœur , les
bornes de mes espérances , de mon avenir , où
je trouvais les cieux: aussi tendres à ce moment
redoutable, que lorsqu'ils m'enlacèrent pour la
première fois , la mort même ne put les désunir ; brûlans , ils me tenaient encore embrassé. Ces cheveux dont le voile noir ombra-
geait son cou d'albâtre qu'on appercevait au
travers, comme une voile blanche qu'on voit
briller, par intervalles, à la clarté de la lune, au
milieu des sombres vagues : ces cheveux dont
j'aurais voulu sauver, au prix de ma vie , une
des longues et brillantes tresses ! Tout , tout
ce qui , une minute avant, respirait l'amour
et ses parfums, était étendu devant moi , noir,
desséché , dépérissant dans les angoisses ! et
c'était de ma flamme qu'était née cette désolation! J'étais le démon dont les caresses em-
poisonnées avaient détruit tant de charmes.
Pensée hideuse ! pensée délirante ! Mais écoutez le plus affreux. Si la mort eût été la seule
malédiction que j'eusse fait descendre sur elle ;
si l'expiation eût fini alors que sa jeunesse et
sa fraicheur n'étaient plus que poussière, et que

l'ame n'eût point hérité de cette funeste malédiction, mon sort serait moins horrible!
Approchez, la Terre frémirait d'entendre cet
épouvantable récit. A l'instant où ses yeux, ternis et voilés, me dirent leur poignant et dernier adieu, et fixèrent les miens..... oh, quel
regard! Puissance vengeresse, quel que soit
l'Enfer que tu prépares aux mortels, le mien
est dans ce regard! Durant sa dernière lutte
contre la mort, ses lèvres livides imprimèrent
sur mon front un baiser dévorant! Je le sens
encore! Il était de feu..... mais d'un feu
moins pur que le mien; il ressemblait à cette
flamme, dont le nom seul fait frissonner les
anges; élément éternel de l'enfer! Il pénétra
comme un dard dans tout mon être, éveillant
sur son passage la douleur et l'angoisse; voyez
ici sa trace, voyez la tache ineffaçable qu'il a
laissée sur mon front, sillonné par ce dernier baiser de l'amour et du péché. Flétris-
sure que l'orgueil de ces boucles brillantes ne
peut cacher, et dont le contact impur les re-
pousse au loin!

» Mais se peut-il, redoutable Providence! se
peut-il qu'elle, qui eût honoré le ciel même,
sans cette seule faute d'orgueil et d'amour, soit
maintenant condamnée .... je ne puis le dire...

5*

non, Dieu miséricordieux! Il n'en est pas ainsi. Tu ne l'as pas voulu. Jamais des lèvres divines n'auraient pu proférer une si horrible sentence! Cependant, ce regard . . . . ce regard si plein d'une angoisse plus que mortelle, d'un désespoir . . . . Ce feu nouveau et dévorant, qui n'a rien de pareil dans le ciel ou sur la terre . . . . Cette marque que je porte!... Oh, pour la première fois depuis ma chute, je me prosterne devant toi, Pouvoir suprême! si jamais au cri de ma prière, tu consentais à révoquer tes décrets, pardonne à cet Esprit et verse sur moi, sur moi seul qui égarai son orgueil, tous les flots de ta brûlante colère! Vois aussi, près de moi, deux autres proscrits à genoux, qui, tombés et perdus eux-mêmes, osent encore s'attendrir et t'implorer pour cette pauvre mortelle.

» Hélas! ils connaissent trop bien la douleur, la pénitence, le remords, dont les passions accablent les êtres les plus beaux, les plus chastes, les plus tendres. Oh! qui sera sauvé, si ces ames, brillantes et égarées, n'obtiennent pas de pardon? Elles, qui errent si à regret, et dont les égaremens penchent encore du côté du Ciel! Dieu juste, entends mes cris, accable-moi des souffrances de cette angélique créature! Seul, j'ai commis le crime; seul, je dois être puni! Épargne-lui une minute de douleur, et que la mienne dure l'Éternité! »

———

Il se tut, et courba vers la terre son front brûlant; tandis que les jeunes anges, agenouillés près de lui, partageaient son angoisse, comme si elle eût été la leur. Au milieu du calme silencieux de la nuit, pendant que la brise errante se jouait tristement dans leurs plumes qui ne devaient plus revoler vers la patrie céleste, ils faisaient intérieurement la muette prière qui ne parvient qu'aux oreilles de la Miséricorde. Elle dut être exaucée, ou Dieu ne serait pas tel que le proclame cet univers glorieux et brillant, ce monde de beauté, de bonté, de lumière et d'amour infini!

Ils étaient encore à genoux, lorsque d'un bois qui couronnait cette solitude aérienne, sortirent des sons lents et incertains, comme ceux d'un luth qui vient de trouver une heureuse inspiration, et qui murmure, à l'entour de sa nouvelle rêverie, d'un son aussi tendre que celui du ramier sur ses petits, ayant peine à croire que des accens si doux soient nés de lui. Bientôt une voix qui se mariait à l'ins-

trument, comme la brise au bruit des vagues,
(tant elle semblait animer de son ame le luth
docile,) suivit en tremblant ces délicieux accords : traduisant leur joie, leur douleur, et
prêtant les ailes légères des paroles à plus d'une
pensée qui, sans elle, serait restée, entre les
cordes, muette et incapable d'essor.

Tous tressaillirent à ces accens, mais ils
émurent surtout le troisième ange, dont les
traits, quoique flétris comme ceux de ses compagnons, portaient l'empreinte d'une douleur
plus douce et plus sainte : on eût dit que
même, au milieu des chagrins et des maux,
l'Espérance ne l'avait pas abandonné, et que
cette pierre précieuse était restée entière au
fond de la coupe de la douleur, pour briller
quand elle serait vide, et faire oublier l'amertume du breuvage. Quoique ses yeux peignis-
sent plus de plaisir que de surprise, il les tourna
le premier vers le bois d'où s'élevait cette douce
et solitaire mélodie; puis promenant ses regards ravis sur ses brillans compagnons, il
prêta l'oreille à la voix qui fit entendre ces
mots :

« Viens prier avec moi, ô mon bien-aimé
Séraphin ! mon Seigneur et mon ange ! viens
prier avec moi; en vain mes lèvres ont es-

sayé ce soir d'adresser au ciel une sainte prière;
mes genoux peuvent fléchir, mes lèvres se
mouvoir, mais prier, je ne le puis sans toi!

» J'ai nourri des gouttes de l'arbre qui porte
l'encens, la flamme de l'autel dans le bocage ;
je l'ai abritée du vent et de la pluie; et cependant, elle brûle tristement pendant la marche
lente des heures, comme si, non plus que moi,
elle ne pouvait conserver la vie et l'éclat, loin
de toi!

» Un bateau lancé à minuit, sans pilote et
sans gouvernail, sur le sein de la mer ténébreuse; un luth dont les cordes sont brisées; un
oiseau blessé auquel il ne reste qu'une aile
pour traverser les airs , sont ce que je suis sans
toi !

» O Esprit adoré, ne te sépare donc jamais
de moi, dans la vie ou dans la mort; et lorsque,
paré de l'éclat du soleil, tu parcourras de nouveau la terre enchantée d'Éden , souffre que
mon ombre prosternée se glisse à tes côtés,
plus heureuse ainsi que sans toi! »

Les chants avaient cessé, quand, dans le bois,
(descendant en demi-cercle de cette hauteur
aérienne, elle atteignait le lieu où se trou-
vaient les anges) brilla tout-à-coup la lumière
d'une lampe : à mesure qu'elle éclairait le front

de celle qui en élevait la flamme (comme pour
jeter plus de clarté sur le groupe assemblé au-
dessous), elle faisait apparaître, au milieu du
feuillage sombre, deux yeux étincelans ; tels
qu'en voit l'Imagination sur ces figures qui ac-
compagnent le poëte dans ses promenades du
soir, présidant, du haut de la verte feuillée, à ses
rêves de l'Amour et du Ciel. Ce ne fut qu'un
instant : la rougeur qui colora tous ses traits,
à la pensée d'être vue, ainsi seule dans la nuit,
par d'autres yeux que ceux qu'elle cherchait,
avait à peine brillé, un instant, à travers le noir
feuillage, que la vision avait disparu. Elle s'é-
tait évanouie, comme un météore qui luit
tout-à-coup sur nos têtes, et qui s'enfuit au
moment où l'on s'écrie : « Voyez, voyez !... »

Cependant, avant le départ de la jeune fille,
son oreille recueillit ces mots : « Je viens, je
viens, ma Namah, » prononcés de cette voix
douce, chère, et bien connue, qui rappelle la confiance, la paix domestique, la douce intimité
qui rapproche deux cœurs jusqu'à ne plus en
faire qu'un seul, la foi sincère, enfin tout ce
que l'Amour aime le plus à entendre ! Musique
délicieuse, exhalant le passé, le présent et l'avenir, dont l'Espérance et la Mémoire prolongent
l'harmonie jusqu'au dernier de nos jours.

Celui à qui s'adressait ce tendre appel n'y résista pas long-temps ; il eut bientôt raconté la courte histoire de ses chastes amours, que ses compagnons, plus déchus que lui du bonheur et du ciel, connaissaient déjà.

La voici, non telle qu'il la conta, mais telle qu'elle est gravée sur les tables qui furent jadis sauvées du déluge par Cham [24] : tables couvertes de légendes sublimes et affligeantes des esprits glorieux, mais égarés de ce temps : celle de ce jeune ange [25] y était ainsi tracée.

HISTOIRE

DU TROISIÈME ANGE.

—————

Parmi les purs Esprits de flamme rangés autour du trône du Tout-Puissant ; cercles de lumière qui, s'éloignant du centre éternel, transmettent ses rayons de tous côtés [16] (semblables aux sphères aériennes qui propagent, à l'entour, les ondulations des sons harmonieux), jusqu'à ce que l'éclat répandu au loin se perde dans l'Infini ! premiers, et debouts au pied du Trône, comme les élus choisis de Dieu, se rangent les Séraphins. Sur leur bannière flottante on lit ces mots brûlans : « Amour divin ! » Leurs rangs, leurs honneurs surpassent de beaucoup ceux des Chérubins aux fronts superbes, quoique ces derniers connaissent tout ; tant, au ciel même, l'Amour l'emporte sur la Science ! Parmi eux était jadis Zaraph : jamais esprit consumé du feu sacré n'aspira vers l'Éternel d'un désir plus vif et plus ardent. L'amour n'était pas pour son ame passionnée ce qu'il était aux autres anges, une portion seulement de

l'existence, mais la vie tout entière, le souffle
même de son cœur.

Souvent, quand du front du Très-Haut s'é-
chappait un éclair trop vif pour le supporter,
et que tous les Séraphins se voilaient le visage
de leurs ailes, et n'osaient en contempler l'é-
clat; les yeux de cet Esprit cherchaient cette
lumière terrible qu'il s'enorgueillissait d'a-
dorer, aimant mieux perdre la vue dans ce
ravissement que de ne pas admirer! De même aussi, lorsque les anges chantaient la miséricorde de Dieu, et qu'ils accordaient leurs
harpes pour célébrer par de doux accords
l'instant, épié par tous les yeux, où quelque
pécheur repentant touchait le seuil du ciel,
alors la voix pure et mélodieuse de Zaraph
s'élevait au-dessus des autres dans l'hymne de
joie! L'amour animait chaque accent; cet
amour qui seul peut appartenir aux anges bienheureux, et qui seul peut prêter, même aux
Anges, de si célestes chants!

Hélas! fallait-il qu'il en fût aux Cieux comme
ici-bas, où l'on ne voit rien de tendre et de
brillant qui ne soit proche de la douleur et du
danger; où le mal et le bien se tiennent de si
près, que ce que nous prenons pour l'effroi de
la vertu, n'est souvent que le premier trouble

d'un cœur qui penche vers le crime ; où l'A-
mour n'a pas de sanctuaire si pur, ni si sacré
que l'odieux serpent du Mal ne puisse se glisser
sous l'autel, aux momens même de bonheur et
de sécurité !

Il en advint ainsi à l'ange : telle fut la pente
insensible qui l'entraîna du bien au mal, d'un
amour immense, à un amour coupable ; chute,
hélas, trop facile ! Enlacé par l'attrait magique
de la beauté, en quelque lieu qu'il la décou-
vrît, cet Esprit amoureux descendit des mondes brillans qui peuplent l'espace, aux yeux
rayonnans qui éclairent la terre, jusqu'à ce
que, bientôt, l'amour du Créateur se confon-
dit avec l'amour de ses ouvrages !

Ce fut pendant le crépuscule du soir, sur
le rivage de la mer tranquille, qu'il entendit
pour la première fois, les sons du luth et la
voix de celle qu'il aima, glisser sur les eaux ar-
gentées, qui restaient muettes, comme si elles
eussent craint d'arrêter, par un souffle, le pélerinage de ce doux chant : ces délicieux accords flottaient dans l'air, puis, allaient se perdre dans la lumière qui brillait au loin par-
delà les limites de l'Océan ; là, où, franchis-
sant les bords dorés de l'horizon, les flots
du jour roulent en cascade étincelante jusque

dans l'Élysée ! Elle chantait Dieu et la douce
Miséricorde qui sourit à jamais auprès de son
trône solennel, prête à détourner les foudres
de la vengeance qu'il lance dans sa colère ; elle
chantait la Paix, l'Amour expiatoire, dont l'é-
toile brille au-dessus de ce monde d'espérance
et de crainte, et que les yeux éplorés de la Foi
fixent si tendrement, que la lumière de ce bel
astre semble se réfléchir dans chacune de ses
larmes ! Elle chantait : l'ame de la piété respirait dans ses chants, et l'Ange ravi, recueillant
les sons qui volaient sur les eaux dormantes,
au-dessus desquelles il planait, en épiant les
derniers rayons du jour, crut entendre une
voix sortie des vagues ; un écho de l'harmonie
lointaine d'Éden, répété par quelque Esprit
dont les doux accens arrivaient affaiblis à la
surface de la mer.

Mais, remontant, bientôt, jusqu'à la source
de ce chant mélodieux, il vit une jeune vierge
debout sur le sable doré du rivage ; les vagues
expirantes déposaient à ses pieds, avec un soupir, leur dernier tribut ; ainsi, dans l'Orient,
les esclaves épuisés déposent le don fatal apporté de si loin, et meurent ! Tandis que, suspendu à ses côtés, son luth se taisait, comme
incapable de rivaliser avec le torrent d'harmonie

qui coulait encore de ses lèvres, elle leva, dans
une douce extase, ces yeux dont la lumière
semblait faite pour être adorée, plutôt que
pour adorer : ces yeux tels qu'on en voit dans
le Ciel, mais que jamais avant on ne vit s'é-
lever vers lui !

Amour, Religion, Musique! seues traces
d'Éden sur cette terre, seuls trésors qui, depuis la chute de nos faibles ames, rappellent
encore leur haute et glorieuse origine, oh! que
vos ravissantes rêveries s'enchaînent doucement
l'une à l'autre ! que de fois l'Amour, malgré
tout ce qui l'attache à la terre, n'a-t-il pas emprunté les ailes de la Religion, quand le temps
ou la douleur avaient flétri les siennes ! Combien la Religion et ses extases ne sont-elles pas
près du précipice trompeur de l'Amour ! tandis
que la Musique... oh! la Musique est le lien
par lequel ils tiennent tous deux aux Cieux, la
langue de leur sphère natale que, sans elle, ils
eussent oubliée ici-bas.

Comment Zaraph aurait-il donc pu échapper aux séductions de cet instant? Un être si
beau, dont les accens harmonieux semblaient
dérobés au Ciel même, plongé dans un ravissement que les Séraphins auraient été orgueilleux de partager! Oh! il sentit, hélas! trop

bien, cette douce magie, et son transport fut
chèrement payé! A peine savait-il, lorsque enfin
il succomba, lequel de ces trois charmes ravis-
sans, l'Amour, la Religion, la Musique, avait
perdu son ame à cette heure si douce!

Douce fut cette heure, quoique chèrement
conquise, et pure autant que pouvait l'être
une chose de la terre ; alors, le soleil glorieux
vit, pour la première fois, devant l'autel de
la Religion, deux cœurs unis par les liens dorés
de l'hymen, jurer de vivre et mourir en aimant.
Alors, le front de la vierge porta, pour la première fois, cette guirlande d'hyménée, qu'un
second vœu ne peut ni replacer, ni faire refleurir après qu'elle est fanée [27]. Union bénie !
fondée par un ange et digne d'une telle origine ! seul asile paisible et sûr où l'Amour, après
sa chute et son exil du Ciel, puisse encore
trouver une patrie dans ce monde ténébreux !

Quoique l'Esprit eût erré, qu'attiré par les
sourires d'une femme, il eût quitté son rang
parmi les bienheureux, souffrant qu'une passion terrestre ternît la pureté de son cœur,
et obscurcît l'image de Dieu, si brillante avant
dans son ame ; cependant, jamais le Très-Haut
ne regarda une faute d'un front moins sévère.

La colère de la justice se changea presqu'en
sourire avant d'atteindre les coupables ; car
leur amour était humble, mêlé de crainte et
de tremblement : c'était un trésor caché qu'ils
ne tenaient point de la loi sainte, dont ils con-
templaient la beauté avec remords, et sur le
prix duquel ils pleuraient. L'Humilité, modeste
et douce racine de toutes les vertus célestes,
habitait dans leurs cœurs, surtout dans celui
de Namah. Seule elle semblait ignorer les
charmes qui avaient enlevé au Ciel un ange,
et lorsque, rencontrant les yeux de son Séraphin, elle cachait l'éclat des siens dans le sein
de son amant, sa joie même était tempérée
par la pensée : « Quel droit avais-je à tant de
bonheur ? »

Encore moins une vierge si douce aurait-
elle pu nourrir le désir de connaître, cette
vaine soif, malédiction de tout son sexe, depuis la trop curieuse Ève, jusqu'à celle qui se
glissa près du tabernacle pour surprendre les
secrets des anges [18]. Non, rendre à son Séraphin
amour pour amour, avec une Foi toujours la
même dans le plaisir, dans la douleur ; cette
Foi qui, dût sa lumière s'éclipser, attendrait,
fixe et immobile comme l'aiguille qui marque
le cours du soleil, le retour de son éclat. Elle

aime, avec cette Patience qui, souvent courbée par la fureur de l'orage, se relève dès qu'il est passé ; avec cette Espérance qui, à travers le sombre nuage du Mal, voit encore percer le Bien comme un rayon de soleil ! Ce profond et confiant Amour plus précieux, au ciel même, que tout le trésor de savoir d'un Chérubin ; cette Foi que rien n'eût ébranlée, étaient l'u-nique joie, l'ambition, l'orgueil de son tendre cœur ; le but de tout son avenir, dans ce monde et aux cieux, tant elle sentait qu'on est moins heureux de *savoir*, que de *croire* et d'*espérer* !

Ils cheminaient ainsi dans leur humilité, con-fus, mais purs aux yeux de Dieu ; offrant à la terre un spectacle plein de douceur et de beauté, lorsque, le front éclairé par la lueur sainte qui brillait sur l'autel, ils s'agenouillè-rent pour prier, se tenant par la main, à côté l'un de l'autre. Anneaux d'amour, détachés un instant de la grande chaîne céleste, mais à jamais unis ensemble : Splendeurs tombées [29] de cet arbre qui fleurit éternellement (1). Tendres fleurs arrachées par l'aquilon, mais

---

(1) Allusion aux séphiroths ou splendeurs de la Ca-bale juive, représentée comme un arbre dont Dieu est la couronne ou le sommet. — Voyez la note 30.

conservant, après leur chute, le même éclat et
la même fraîcheur.

Leur seul châtiment (toute faute, quelque
douce qu'elle soit, entraîne une punition), le
seul arrêt prononcé contre eux, fut qu'aussi
long-temps que la terre verdoyante, et l'Océan
azuré existeraient, ils erreraient tous deux ici-
bas, sans changer de cœur ni de forme, à travers les siècles! contemplant de loin ce glorieux
séjour, dont ils voient la lumière éloignée, mais
constante; Pélerins d'amour, dont la route est
le Temps, et la patrie l'Éternité! Soumis, cependant, à tous les maux contre lesquels le
véritable Amour lutte dans cette vie; aux vains
souhaits, aux espérances qu'il conçoit vaine-
ment, au froid qui convertit en vapeur
terrestre ses soupirs les plus ardens, au doute
dont il se nourrit, à l'amertume cachée dans sa
douceur même; et aux illusions, plus funestes
encore, qui l'attirent, par leur faux éclat, jusqu'au bord du précipice, qui le détournent de
sa route déserte à travers ce monde désolé,
l'invitant à s'arrêter au bord de ces sources étincelantes, dont l'eau trompeuse fuit ses lèvres
avides, et qu'il abandonne enfin, en soupirant,
pour suivre le chemin qui mène à cette patrie
lointaine, où sa soif ardente sera étanchée.

Ils supportent toutes ces épreuves, mais ils n'en ont pas moins des momens riches de bonheur. D'heureuses réunions, après plusieurs jours de veuvage passés loin l'un de l'autre, alors qu'on revoit ce qu'on aime, sans nuage et sans larmes ; de tendres aveux versés mutuellement d'ame à ame, sans mélange de crainte et de doute, purs et sans tache comme la lumière que le soleil verse dans les étoiles, et qu'à leur tour elles lui renvoient ! Heureuse union des cœurs où, confondus ensemble, chacun abandonne sa propre existence, pour en ressaisir une nouvelle bien plus délicieuse! Telles sont leurs joies que couronne l'espérance de cette heure brillante, qui verra leurs ames heureuses, animées de facultés nouvelles, s'élever pour ne plus tomber, récompensées de leur confiance en celui qui est la source de toute bonté. Secouant alors de leurs ailes affranchies la vile poussière de la terre, elles planeront dans ces régions lumineuses où l'Amour ne meurt jamais !

Dieu et les anges, qui veillent d'en haut sur eux, savent seuls dans quelle contrée solitaire habitent, ou errent maintenant ces deux pélerins ; mais si, dans nos courses vagabondes, nous rencontrions un jeune couple, à la beauté

6*

duquel il ne manque que de brillantes ailes pour ressembler aux habitans des cieux, qui brille en quelque lieu que se dirige ses pas, et dont le lot terrestre est cependant humble, comme celui de la violette qui fleurit, inaperçue, sur le bord des sentiers, et dont le doux parfum révèle seule l'existence; deux mortels qui n'ont qu'un cœur dans chaque pensée, dont les voix expriment la même volonté, se répondant comme l'écho qui répète, de colline en colline, les sons d'une musique aérienne, avec tant de fidélité qu'on cherche en vain à deviner quel est l'écho et quels sont les accords; dont la piété est tout amour, et dont l'amour, quoique unissant leurs ames dans une douce étreinte, n'appartient pas à la terre, mais au ciel : ainsi deux glaces polies, placées vis-à-vis l'une de l'autre, se renvoient leur lumière et ne réfléchissent que les cieux. Si jamais nous rencontrons rien de si pur, de si parfait ici-bas, rappelons-nous qu'il n'existe sur la terre qu'un seul couple aussi divin, et bénissant leur passage à travers le désert de la vie, écrions-nous : « Puissent Zaraph et Namah gagner bientôt la céleste patrie ! »

FIN DES AMOURS DES ANGES.

MÉLODIES

IRLANDAISES.

AVANT-PROPOS.

Ces Mélodies parurent, pour la première fois, en Angleterre en 1810, par livraisons publiées à de longs intervalles, contenant chacune douze chansons. Elles eurent le plus grand succès. L'accord singulier qui existe entre les paroles et la musique entièrement composée d'airs irlandais, pleins d'harmonie et de naïveté, la noblesse des pensées, le charme des expressions, la beauté des vers, tout contribua à nourrir, et à porter au plus haut degré l'enthousiasme qu'avait excité ce monument national élevé à la gloire de l'Irlande. Il en parut sept livraisons; pressée par le temps, je n'ai pu en donner qu'un choix que j'ai tâché de rendre intéressant et varié. Après un chant national ou guerrier, on aime à retrouver l'aimable et joyeux délire d'un disciple d'Épicure, ou les douces rêveries d'un amant. Un des grands charmes de ces Mélodies, est l'intérêt des souvenirs qu'elles retracent. Moore était digne de faire revivre les traditions de sa patrie, de célébrer ses malheurs et la triste et noble lutte qu'elle soutint pour conquérir la Li-

berté qui trompe sans cesse son espoir. Le
caractère passionné, tendre, rêveur et mélancolique des Irlandais, se peint tout entier
dans ces délicieuses compositions. Après avoir
réclamé, pour l'Irlande, plusieurs airs dont les
compositeurs du continent ont enrichi leurs
opéras et leurs romances, Moore dit dans sa
réponse à l'éditeur des Mélodies : « Ainsi nos
airs, comme la plupart de nos compatriotes,
ont passé chez l'étranger, faute de trouver une
protection dans la patrie. Mais nous touchons,
j'espère, à une époque plus favorable à la saine
politique et à la musique, qui sont insépa-
rables, du moins en Irlande, comme on le
verra trop bien par le ton de douleur et d'a-
battement qui caractérise presque tous nos
premiers chants. La proposition que vous me
faites d'adapter des paroles à ces airs, n'est
point du tout une tâche facile. Le poëte
qui veut suivre les divers sentimens qu'ils
expriment, doit comprendre et même éprouver ce rapide mouvement de l'esprit et du
cœur, cet inexprimable mélange de tristesse
et de légèreté qui composent le caractère de
mes compatriotes, et dont leur musique est
si profondément empreinte. Au milieu des accords les plus vifs, un accent mélancolique

vient nous émouvoir et prête à la gaieté un nouveau genre d'intérêt. » Moore dit encore ailleurs : « On a souvent remarqué, et plus souvent senti, que notre musique est le commentaire le plus fidèle de notre histoire. Le ton de défiance auquel succède la langueur de l'abattement, un éclair d'énergie qui brille et disparaît, les douleurs d'un moment perdu dans la légèreté de celui qui suit, et tout ce mélange romanesque de mélancolie et de gaieté, que produisent naturellement les efforts d'une nation vive et généreuse, pour secouer ou pour oublier les maux qui l'oppriment : tels sont les traits de notre histoire et de notre caractère, si fortement et si fidèlement réfléchis dans notre musique. Je crois difficile d'entendre plusieurs de nos airs sans se rappeler l'époque, ou l'événement dont ils semblent destinés à conserver la mémoire. Quelquefois lorsque les accords vifs, nobles et courageux, sont cependant mêlés de quelques notes tristes, on croit voir les braves alliés de Montrose (1),

---

(1) On trouve plusieurs détails sur la bravoure des troupes auxiliaires irlandaises dans l'*Histoire complète des guerres d'Ecosse, sous Montrose,* 1660. Voyez particulièrement la conduite d'un Irlandais à la ba-

marchant au secours de la cause royale malgré la perfidie de Charles et de ses ministres,
et se rappelant assez de leurs souffrances pas-
sées pour rehausser la générosité de leur dé-
vouement.

» Les Mélodies plaintives de Carolan nous
ramènent au temps où il vivait, à l'époque où
nos pauvres compatriotes étaient réduits à
adorer leur Dieu dans des cavernes, ou à quitter à jamais leur terre natale (comme l'oiseau
qui abandonne le nid que la main des hommes a souillé). Dans plusieurs chants, nous
entendons encore le dernier adieu de l'Exilé (1),

---

taille d'Aberdeen, chap. vi, page 49, et le tribut payé
à la valeur du colonel O'Kyan, chap. vii, page 55. Cla-
rendon avoue que le marquis de Montrose dut beaucoup
de ses succès miraculeux à cette petite troupe de héros
irlandais, commandée par Macdonnel.

(1) Les associations de la musique des Indous, quoique plus claires et plus définies, sont beaucoup moins
touchantes et moins caractéristiques. « Ils divisaient leurs
chants selon les saisons de l'année ; et par-là, ils pouvaient (dit sir William Jones) rappeler le souvenir des
amusemens de l'automne à la fin de la moisson, ou les idées
de séparation et de tristesse pendant l'hiver, etc. » (Transactions asiatiques, vol. III, sur le Mode musical des Indous.) Ce que l'abbé Dubos dit des symphonies de Lully

mêlant le regret de briser les liens qui l'attachaient à la patrie, à l'espoir des honneurs qui
l'attendent sur un sol étranger : honneurs tels
qu'en obtinrent les catholiques irlandais à la
bataille de Fontenoy, où leur valeur contribua puissamment au succès de la France, et
arracha à Georges II cette mémorable excla-
mation : « Maudites soient les lois qui me pri-
vent de pareils sujets ! »

Moore vient de publier de nouveaux chants
dont nous donnerons plus tard la traduction
avec la suite des Mélodies. Quelques poëtes
français trouveront peut-être de nobles inspirations dans ces chants ; peut-être leur ren-
dront-ils l'harmonie et la grâce que je n'ai pu
leur conserver. Les airs, transportés aussi parmi
nous, donneraient l'idée de cette musique naïve,
si entraînante dans sa simplicité, si énergique
dans ses accords, si douce et si rêveuse dans
sa mélancolie, si vive dans sa joie. C'est l'ac-

---

peut s'appliquer plus justement, je crois, à nos airs hardis
et passionnés. « Elles auraient produit de ces effets qui
nous paraissent fabuleux dans le récit des anciens, si on
les avait fait entendre à des hommes d'un naturel aussi
vif que les Athéniens. » (*Réflexions sur la peinture*, etc.
T. Ier, sect. 45.)

cent des passions, immédiat et brûlant, que
l'art n'a ni affaibli ni exagéré, qui est resté
tel que la nature l'a donné à l'homme, et qui
éveille en lui une sympathie universelle. Pour
bien comprendre toute la beauté des Mélodies,
il faut avoir entendu Moore en chanter quelques-unes ; il semble improviser les airs et les
paroles ; son œil s'enflamme, sa voix prend
tour à tour un accent vif ou lent, gai ou plain-
tif. C'est alors qu'il rappelle ce que le célèbre
Shéridan disait de lui : « Il n'y a pas un seul
homme qui mette autant de son cœur dans
son imagination. On croirait que l'ame de
Moore est une étincelle de feu détachée du
soleil, et que sans cesse elle voltige pour re-
monter vers cette source de vie et de lumière. »

MÉLODIES

IRLANDAISES.

MÉLODIE PREMIÈRE.

L'EXCUSE DU BARDE.

Oh, ne condamnez pas le Barde (1), s'il vole aux bosquets où le plaisir insouciant, étendu sur des roses, se rit de la gloire. Il était né pour un plus beau destin, et dans des heures plus heureuses, son ame aurait brûlé d'une flamme plus sainte.

---

(1) On peut supposer que cette excuse fut faite par un de ces bardes errans, que Spencer décrit si sévèrement, et peut-être avec vérité dans son *état de l'Irlande*, et dont il nous dit : « que les poëmes étaient *aspergés* de quelques jo-
» lies fleurs de leur invention naturelle, qui leur donnaient
» bonne grace et bon air; et dont c'était pitié qu'on abusât
» pour en orner la méchanceté et le vice, tandis que bien
» placées, elles auraient pu servir à parer et à embellir la
» vertu. »

La corde qui maintenant languit détendue sur sa lyre, pressée par le dard du guerrier, aurait courbé l'arc orgueilleux (1), et les lèvres qui n'exhalent que les chants du désir, auraient versé à grands flots les nobles inspirations d'un cœur amant de la patrie !

Mais hélas, pauvre Patrie ! ton orgueil est passé; ce courage qui ne devait jamais plier, est abattu: tes enfans ne soupirent qu'en secret sur ta désolation ; car c'est crime de t'aimer et mort de te défendre ! Tes fils sont dédaignés s'ils ne savent trahir; voués à l'obscurité, s'ils n'outragent leurs pères ; la torche qui les éclaire dans le chemin des honneurs s'allume au bûcher où la patrie expire!

---

(1) **Wormius** conjecture que le nom de l'Irlande est dérivé de *yr*, qui signifie *un arc* en langue runique; arme dont les Irlandais se servaient jadis avec beaucoup de dextérité. Cette interprétation est certainement plus honorable pour nous que la suivante : « Ainsi cette Irlande (appelée la terre de l'*Ire* * à cause des querelles continuelles qui s'y élevèrent pendant quatre cents ans) était maintenant devenue la terre de la concorde. »

    Lloyd's state worthies, *art.*

                 (*The lord Grandisson.*)

    Dignitaires de l'état par Lloyd.

    Article de lord Grandisson.

                 (Note de l'auteur.)

* Irlande s'écrit en anglais : *Ireland*, ce qui fait deux mots séparés. *Ire*, colère, et *Land*, terre : *terre de la colère*.

Ne condamnez donc pas le Barde, s'il essaie d'oublier, dans le doux rêve de la volupté, la plaie qu'il ne peut guérir. Oh! rendez-lui l'espérance, qu'un rayon de lumière perce à travers les ténèbres de sa patrie, et voyez palpiter son cœur : il déposera sur l'autel sacré toutes les passions qu'il a nourries, tous les biens qu'il adorait, tandis que le myrte oisif enlacé autour de sa couronne, semblable à la guirlande d'Harmodius, viendra couvrir son glaive (1).

Mais quoique la gloire soit éteinte, quoique l'espérance s'évanouisse, ton nom Érin aimée! vivra dans ses chants.

A l'heure même où son cœur semblera plus joyeux, il ne perdra ni ton souvenir, ni celui de tes souffrances.

L'étranger entendra tes lamentations dans ses plaines, les soupirs de ta harpe traverseront les mers, et tes tyrans eux-mêmes, tout en rivant tes fers, aux chants de leur captive, s'arrêteront pour pleurer!

---

(1) Voyez l'hymne grecque attribuée à Alcée : « Je porterai mon glaive caché dans les myrtes, comme Harmodius et Aristogiton, etc. »

MÉLODIE II.

CHANT GUERRIER.

Rappelez-vous la gloire de Brien-le-Brave (1), quoique les jours du héros soient passés. Tombé aux plaines de Mononie (2), endormi dans un froid tombeau, il ne reviendra plus à Kinkora (3)!

Il est couché cet astre des combats qui a si souvent inondé de ses rayons le champ de bataille : mais assez de sa gloire brille sur chaque glaive pour nous guider encore à la victoire.

Oh, Mononie ! la nature a-t-elle donc orné de riches teintes tes champs, et tes montagnes si belles,

---

(1) Brien Borombe, grand monarque d'Irlande, qui fut tué à la bataille de Clontarf, au commencement du onzième siècle, après avoir défait les Danois dans vingt-cinq engagemens.

(2) Munster.

(3) Le palais de Brien.

pour qu'un tyran vînt les flétrir des traces de l'esclavage ?

Non, Liberté! Jamais nous ne renoncerons à tes sourires. Va, dis aux Danois usurpateurs, qu'il est plus doux de saigner un siècle sur ton autel que de dormir un moment dans les fers.

N'oubliez pas nos compagnons blessés qui se rangèrent à nos côtés au jour de la détresse : tandis que la mousse de la vallée se teignait de leur sang, ils ne s'ébranlèrent pas, mais ils vainquirent et moururent! Le soleil, qui maintenant bénit nos armes de sa lumière, les vit tomber aux plaines d'Ossory (1).

Oh! qu'en nous laissant ce soir, il ne rougisse pas de voir qu'ils sont tombés en vain!

---

(1) Ce passage fait allusion à un trait sublime des Dalgais, troupes favorites de Brien. Après la bataille de Clontarf, leur retraite fut coupée par Fitz Patrick, prince d'Ossory. Les hommes blessés sollicitèrent vivement la permission de combattre avec leurs camarades. « Qu'on enfonce, dirent-ils, des pieux dans la terre, et qu'on nous y attache, afin qu'ainsi soutenu, chacun de nous prenne place dans les rangs à côté d'un homme bien portant. » — « Environ sept à huit cents blessés, ajoute O'Halloran, pâles, amaigris, figurèrent par ce moyen dans l'armée, et combattirent au premier rang! jamais on ne vit un pareil spectacle. »

(*Histoire de l'Irlande. Liv.* XII, *chap.* 1er.)

MÉLODIE III.

———

Semblable aux nuages sombres qui obscurcissent l'éclat de l'Aurore, la douleur a-t-elle répandu sur les jours de ta jeunesse sa teinte mélancolique et ineffaçable? Trop vite, hélas! ils ont passé ces jours, qui, même dans l'affliction, avaient encore des charmes!

Le Temps, aux ailes rapides et glacées, a-t-il flétri dans ton cœur le sentiment, doux charme de la vie? Ah! si tel fut ton sort, viens près de moi, enfant de l'infortune, je puis te rendre pleurs pour pleurs.

L'Amour a-t-il été pour cette ame si tendre, pareil aux mines de Lagénie (1), dont la surface étincelle d'or pur; mais, lorsque séduit par son éclat, on le poursuit plus avant, aussi trompeur que la vision de

———

(1) Ces vers font allusion aux mines d'or du comté de Wicklow qui n'offrent que de légères parcelles d'or à la surface, mais qui n'ont point récompensé les travaux des mineurs.

celui qui sommeille, le brillant métal disparaît,

Peut-être l'Espérance, imitant l'oiseau du Conte (1), qui voltigeait d'arbre en arbre, emportant avec lui le précieux talisman, n'a-t-elle fait briller à tes yeux l'appât séduisant du bonheur, que pour t'attirer vers elle, puis s'évanouir l'instant d'après?

Si les douces heures qui prêtaient de l'éclat et du charme à la douleur même, se sont ainsi écoulées; si l'Espérance, inconstante et chérie, qui te soutenait dans ta course rapide, est perdue sans retour; si le monde impitoyable a flétri les illusions qui font le bonheur; viens près de moi, enfant de l'infortune, je puis te rendre pleurs pour pleurs!

---

(1) « L'oiseau sauta de branche en branche, puis il se reposa, tenant le talisman dans son bec; le prince s'en approcha, croyant qu'il allait le laisser tomber; mais au moment où il se voyait près de le saisir, l'oiseau s'envola de nouveau, et se percha sur la cime d'un arbre. » (*Les mille et une nuits. Histoire de Kummiral Zummann et de la princesse de Chine.*)

7*

MÉLODIE IV.

LA dernière rose de l'Été fleurit dans l'isolement ; toutes ses belles compagnes se sont flétries sans retour : à ses côtés, on ne voit plus de fleur, plus de bouton de rose, pour réfléchir ses rougeurs, et pour lui rendre ses soupirs !

Je ne te laisserai pas, pauvre solitaire ! languir sur ta tige ; puisque tes sœurs reposent, va sommeiller près d'elles. Par pitié pour toi, je disperse tes feuilles sur la terre où dorment tes compagnes du jardin, dépouillées de leur fraîcheur et de leurs parfums.

Puissé-je ainsi suivre de près les douces visions d'Amitié et d'Amour, à mesure qu'elles disparaissent du cercle magique et brillant des joies de la vie.

Quand les cœurs fidèles ne palpitent plus, quand les ames tendres se sont envolées, oh ! qui voudrait habiter seul ce monde désert !

MÉLODIE V.

LE JEUNE MÉNESTREL.

Le jeune Ménestrel est parti pour la guerre, il est dans les rangs de la Mort ; le sabre de son père arme sa main, sa harpe, aux accords sauvages, est suspendue derrière lui.

« Terre des chants ! dit le Barde guerrier, quand » le monde entier te trahit, *un* glaive du moins dé- » fendra tes droits ; *une* harpe fidèle te célébrera ! »

Le Ménestrel tomba, mais la chaîne de l'ennemi ne put courber son ame altière. La harpe qu'il aimait ne vibra plus, car il en arracha les cordes.

« Nulle chaîne ne te souillera, s'écria-t-il, O toi, » chantre immortel de l'Amour et de la Valeur ! Tes » accords furent faits pour les cœurs libres et purs ; » ils ne résonneront jamais dans l'esclavage ! »

MÉLODIE VI.

CHANSON BACHIQUE.

———

NE me dis plus, mon Ange, que ce breuvage enivrant absorbe le charme du sentiment, ou un seul
tendre regret. Crois-moi, quelques-uns de tes regards courroucés sont tout ce qui a disparu sous ses
vagues brillantes. Jamais un seul rayon émané de
ton ame, ou de ta beauté, ne s'est perdu dans le torrent! Le parfum de tes soupirs, la magie de tes yeux,
flottent encore à la surface et purifient ma coupe!

N'imagine donc plus, chère Ame, que le vin puisse
dérober à mon cœur un seul rêve de bonheur. Semblable aux fontaines qui réveillent l'ardeur du pélerin, la coupe écumante, avive et brillante l'A-
mour!

On raconte que l'Amour avait, dans son bosquet
divin, deux roses rougissantes, d'origine céleste. Il
exposa l'une à la pluie qui tombe quand brille l'arc-
en-ciel, mais il baigna l'autre dans le vin pétillant.

Bientôt les boutons qui avaient bu la rosée des cieux, se flétrirent et moururent, tandis que ceux que les flots de rubis avaient teints, s'épanouirent, roses et beaux comme toi, jeune fille !

Ne crois donc plus, cher Ange, que le vin puisse dérober à mon cœur un seul rêve de bonheur. Semblable aux fontaines qui éveillent l'ardeur du pélerin, la coupe écumante avive et brillante l'Amour !

MÉLODIE VII.

CHANT D'O'RUARK,

PRINCE DE BREFFNI (1).

La vallée riante où je l'avais laissée dernière-
ment, s'ouvrait devant moi ; cependant, je trem-

---

(1) Les stances suivantes sont fondées sur un événement
d'une haute et triste importance pour l'Irlande, si, comme
l'assurent les historiens irlandais, il fournit à l'Angleterre
la première occasion de nous diviser, de nous vaincre et de
nous enchaîner. Les circonstances ci-après sont rapportées
par O'Halloran. « Le roi de Leinster avait long-temps nourri
une violente passion pour Dearbhorgil, fille du Roi Meath,
et quoique, depuis quelque temps, elle eût épousé O'Ruark,
prince de Breffni, rien ne put contenir sa passion. Ils avaient
une correspondance secrète ; elle instruisit son amant
qu'O'Ruark comptait aller bientôt faire un pèlerinage (acte de
piété très-commun alors), le conjurant de saisir cette occasion pour l'enlever à un mari détesté et la rendre à celui
qu'elle adorait. Mac-Murchad (roi de Leinster), n'obéit que

blais : une tristesse vague et indéfinissable obscur-
cissait la joie de mon ame.

Je cherchai des yeux la lampe qui brillerait, disait-
elle, pour le retour de son bien-aimé Pélerin. Les
ténèbres commençaient à m'envelopper ; aucune
lampe ne brillait au sommet des créneaux !

Je volai à sa chambre, elle était déserte comme
si la mort en eût arraché mes amours. Ah ! que
n'était-ce la mort, la mort seulement ! Mais non,
l'infidèle avait fui.

Là, était suspendu le luth qui changeait en délices mes plus amères douleurs ; la main qui avait
si souvent éveillé pour moi ses accords, tressaillait
maintenant sous les baisers brûlans de mon rival
orgueilleux !

Il fut un temps, oh ! des femmes la plus fausse !
où le glaive de Breffni eût cherché, à travers un

---

trop ponctuellement à ses ordres, et conduisit sa dame dans
sa capitale de Ferns. » Le monarque Roderic épousa la
cause d'O'Ruark, tandis que Mac-Murchad s'enfuit en Angleterre, et obtint du secours de Henri II.

Giraldus Cambrensis ajoute, ainsi que je le trouve rapporté
dans une vieille traduction : «.Tel est le naturel variable et
changeant de la femme, d'où naissent, pour la plupart, les
malheurs qui désolent le monde ; comme le prouvent le sort
de Marc-Antoine et la destruction de Troie. »

million d'ennemis, l'homme qui eût osé douter de toi, *même en pensée !* tandis que maintenant.... O fille dégénérée d'Érin, combien ta gloire est éclipsée ! Pendant des siècles de tyrannie et de carnage, ta honte fera couler le sang de ta patrie.

Déjà la malédiction s'appesantit sur elle ; des étrangers profanent ses vallées ; ils viennent nous désunir, nous déshonorer, et long-temps ils seront tyrans !

Marchons, relevons la verte bannière ; que chacun de nos glaives se plonge dans le sang jusqu'à la poignée ! de *notre* côté est Érin et la Vertu , du *leur* les Saxons et le Crime !

MÉLODIE VIII.

Si tu veux être à moi, les trésors de l'air, de la terre, et des mers s'étendront à tes pieds. Tout ce que l'Imagination nous montre de plus brillant, tout ce que les doux accords de l'Espérance promettent de plus ravissant, seront à nous, si tu veux être à moi, mon Amour!

De brillantes fleurs s'épanouiront en quelque lieu que nous errions; une voix divine murmurera dans chaque ruisseau; les étoiles nous sembleront des mondes habités par l'Amour, et à nos yeux la terre entière ne sera qu'un beau rêve, si tu veux être à moi, mon Ange!

Des pensées dont la source est pure et mystérieuse, comme celle des fleuves qui coulent des montagnes voisines des cieux, entretiendront la jeunesse dans nos cœurs, si tu veux être à moi, mon Amour!

Ainsi ces fleuves éternels conservent la verdure des plaines qu'ils arrosent.

L'Esprit d'amour crée tous ces prodiges, et plus encore, pour ceux qui s'abandonnent à sa douce magie.

Il peut transporter le ciel, sa patrie, sur la terre qu'il habite, comme tu le sentiras, mon Ange, si tu veux être à moi!

MÉLODIE IX.

ELLE est loin de la terre où repose son jeune héros : une foule d'amans se pressent autour d'elle ; mais elle fuit leurs regards, et elle pleure, car son cœur est enseveli dans la tombe où il dort !

Elle chante les airs doux et sauvages des plaines chéries qui l'ont vu naître. Elle répète les accords qu'il se plaisait à éveiller. Ah ! ceux que ravissent ses chants, sont loin de croire à l'amertume qui brise son cœur !

Il vécut pour celle qu'il aimait : il mourut pour sa patrie. Elles seules l'attachaient ici-bas. Les pleurs de sa patrie ne tariront jamais. Loin de lui son amante ne languira pas long-temps !

Oh ! creusez le tombeau de la vierge en un lieu doré par les rayons du soleil, lorsqu'ils promettent à la terre un glorieux lendemain ; qu'ils brillent sur sa couche comme un sourire de l'Occident : un sourire de son Ile de douleur, si tendrement aimée !

MÉLODIE X.

Je pleurerais les espérances qui m'abandonnent, si tes sourires me délaissaient aussi. Je gémirais quand des amis me trahissent, si, comme eux, tu étais infidèle. Mais tant que tu es près de moi, avec un cœur si chaud et des yeux si brillans, aucun nuage ne peut s'arrêter sur ma tête ; ce sourire leur prête sa lumière !

Il n'est pas au pouvoir du sort de me blesser, tant que le sort me laisse ton amour ; nulle joie ne peut me charmer, si tu ne la partages.

Un rêve d'une minute sur toi, vaut mieux qu'une longue, qu'une éternelle année de bonheur, éveillé, sans toi, mon tendre Amour, mon unique chère !

Et quoique l'Espérance qui a long-temps éclairé notre route, mon Ange, ait disparu sans retour, nous poursuivrons notre voyage plus sûrement sans ses rayons.

De plus vives lumières me guideront dans le sentier que j'ai encore à parcourir, l'ame qui brûle au-dedans de moi, et les sourires dont tu embellis ma demeure.

Ainsi, lorsque la lampe qui éclairait le voyageur, vient à s'éteindre; un instant, éperdu dans la nuit, il regarde à l'entour plein de doutes et d'effroi : mais bientôt les ténèbres se dissipent, il marche à la pure clarté des étoiles; heureux de découvrir qu'aucune lampe ne vaut la lumière qui descend du ciel!

MÉLODIE XI.

CHANT NATIONAL.

ELLE est évanouie pour jamais, la lumière que nous vîmes briller comme la première lueur du Ciel qui vient rompre le repos des morts! l'homme, s'éveillant du long sommeil des siècles passés, leva les yeux, et bénit ce pur rayon avant qu'il disparût!

Il n'est plus, et les sillons de feu qui marquent son passage, assombrissent encore la longue nuit d'esclavage et de deuil, qui redescend sur les royaumes de la terre, plus ténébreuse pour toi, ô malheureuse Érin! que pour le reste de l'Univers!

Tes espérances étaient nobles et fières, quand, à travers les nuages grossiers du monde, cet astre dardait ses feux autour de toi ; quand la Vérité indignée, brisa ses fers, et déroula sa bannière resplendissante, pareille à l'éclat soudain du soleil (1).

---

(1) « L'éclat soudain du soleil » (Sun-Burst !) était le nom idéal que les anciens Irlandais donnaient à la bannière royale.

Oh! jamais la terre ne reverra un moment si glorieux! Alors, alors, si toutes les nations èussent chanté l'Hymne de Délivrance, ta douce voix, Érin, eût fait monter au ciel le premier chant de Liberté!

Mais, honte aux tyrans qui nous envièrent ce bon-heur! Honte à la race légère, indigne d'un si grand bien, qui, semblable aux furies caressant le jeune espoir de la Liberté, le baptisèrent dans le sang, sur l'autel fumant de la Mort!

Alors! s'évanouit pour jamais cette belle et lumi-neuse vision, dont le souvenir, en dépit des froids sarcasmes des esclaves, vivra dans nos cœurs ; pur, brillant et céleste, tel qu'il apparut pour la pre-mière fois au-dessus de toi, ô trop malheureuse Érin!

MÉLODIE XII.

CHANT DE GUERRE.*

On ! où est l'Esclave si avili, condamné à d'infâmes chaînes, qui languirait bassement sous le poids de ses fers, lorsque d'un seul effort il pourrait les briser ? Quelle ame, dont les maux la dégradent, attendrait que le temps eût flétri sa vigueur, quand d'un vol courageux, elle peut s'élancer vers le trône de Celui qui la créa !

Adieu, à toi, Érin, adieu à tous ceux qui vivront pour pleurer notre chute !

Le laurier qui croît à l'abri des orages, couvert de feuillage et de fleurs, est moins beau, moins révéré, que l'arbre dépouillé dont les branches couronnent le front brûlant de la Victoire !

La terre qui nous a vu naître s'étend sous nos pas : le vert étendard flotte au-dessus de nos têtes;

des amis éprouvés marchent à nos côtés, et l'ennemi que nous haïssons est devant nous!

Adieu, à toi, Érin, adieu à tous ceux qui vivront pour pleurer notre chute!

MÉLODIE XIII.

A moitié de la nuit, à l'heure où les étoiles versent des pleurs, je vole vers la vallée solitaire que nous aimions quand la vie rayonnait dans tes yeux. Alors, je me plais à penser que si les esprits peuvent quitter les airs pour visiter le théâtre de leur bonheur passé, tu viendras me revoir, et me dire que, même au ciel, notre amour n'est point oublié!

Je chante ces sauvages accords qui te ravissaient autrefois, lorsque nos voix se confondant, résonnaient à l'oreille comme la même; et à mesure que l'écho redit au loin dans la vallée ma triste chanson, je pense, oh! mon Amour, que c'est ta voix qui, du royaume des ames(1), répond faiblement aux accens qui te furent jadis si chers!

---

(1) « Il est des pays, dit Montaigne, où l'on croit que les ames des Bienheureux vivent en toute liberté dans des champs délicieux, et que ce sont ces ames qui répètent nos paroles, et que nous nommons *écho.* »

MÉLODIE XIV.

L'ADIEU.

Adieu ! mais quand vous célébrerez l'heure qui éveille les chants nocturnes de la joie dans vos bosquets, oh ! pensez à l'ami qui jadis la célébra aussi, et qui oublia ses chagrins pour être heureux avec vous !

Ses chagrins peuvent revenir, une seule espérance peut ne pas lui rester, de celles qui ont brillanté son sentier de douleur; mais il n'oubliera jamais la vision passagère qui répandit ses enchantemens autour de lui, s'arrêtant près de vous !

Quand, vers le soir, le plaisir fait pétiller et les cœurs et les coupes, quelque part que se dirige mon sentier, qu'il soit sombre ou brillant, mon ame, heureux Amis, sera encore avec vous, s'unira à vos plaisirs, à vos jeux, à vos joies, et reviendra vers moi toute rayonnante de vos sourires !

Trop heureux si elle me dit, qu'au milieu du joyeux

banquet, une voix tendre a murmuré : Ah! que n'est-il ici!

Que le Sort se déchaîne; il est des reliques de joie, de brillans rêves du passé, qu'il ne peut pas détruire, et qui viennent, à travers la nuit des chagrins et des soucis, ramener l'expression du bonheur.

Long-temps, long-temps mon cœur sera rempli de ces doux souvenirs, semblable au vase dans lequel on a distillé des roses : on peut briser, on peut détruire le vase, mais le parfum des roses s'attache encore à ses débris!

MÉLODIE XV.

GARDER ton souvenir! ah! tant que la vie fera palpiter mon cœur, il n'oubliera pas la Patrie délaissée, plus chérie et plus belle dans ses douleurs, sa tristesse et ses orages, que le reste du monde aux heures où brille le soleil!

Si tu étais tout ce que je te désire, grande, libre, et glorieuse, première fleur de la terre et diamant de la mer, je pourrais te chanter d'un cœur plus fier et plus heureux; mais pourrais-je jamais t'aimer plus profondément qu'à présent?

Non, non; les chaînes qui empêchent ton sang de circuler, ne font que te rendre plus chère à tes fils, qui, semblables aux enfans de l'oiseau du désert, s'enivrent d'amour dans chaque goutte de sang qui coule de ton sein.

MÉLODIE XVI.

Oh ! si nous avions, toute à nous, quelque petite
île brillante, lointaine et isolée, au milieu d'un Océan
d'azur, échauffé par les feux de l'Été, où jamais une
feuille ne meurt dans les bocages toujours fleuris ;
où l'abeille puise toute l'année dans le calice des
fleurs ; où le soleil se plait à s'arrêter ; où la nuit ne
cache le jour que sous un voile transparent ; où
sentir seulement que nous respirons, que nous vivons, vaut mieux que toutes les joies que la vie offre ailleurs !

Là, d'une ame aussi pure, aussi ardente que le
climat, nous aimerions comme on aimait dans l'âge
d'or.

L'éclat du soleil, l'air embaumé, se glisseraient
dans nos cœurs et y appelleraient le printemps.
Notre amour serait aussi immortel que nos bocages ;
l'Espérance, comme l'abeille, se nourrirait toujours
de fleurs fraîches écloses ; notre vie ressemblerait à
un long jour de lumière, et la Mort descendrait sur
nous, rêveuse et calme, comme la nuit.

MÉLODIE XVII.

LA VENGEANCE DES FILS D'USNA (1).

Brillant et vengeur tombe le glaive léger d'É-
rin sur celui qui a trahi les braves fils d'Usna !

---

(1) Les paroles de ce chant m'ont été inspirées par l'ancienne histoire irlandaise, nommée *Deirdri*, ou *le sort la-
mentable des fils d'Usna*, qui a été traduite littéralement
de la langue gallique par M. O'flanagan (voyez le premier
volume des *Transactions de la Société gallique de Dublin*),
et sur laquelle il paraît que la *Darthula* de Macpherson est
aussi fondée. La trahison de Conor, roi d'Ulster, en faisant
mourir les trois fils d'Usna, fut la cause d'une guerre de
désolation contre Ulster, qui se termina à la destruction
d'Éman.

« Cette histoire (dit M. O'flanagan) est célèbre depuis
un temps immémorial, comme l'une des trois histoires tra-
giques des Irlandais, qui sont : 1° La Mort des Enfans de
Touran ; 2° la Mort des Enfans de Lear ; et 3° celle-ci, la
Mort des Enfans d'Usna, qui est une histoire milésienne. »
Voyez ci-après la Ballade fondée sur l'histoire des enfans de
Lear ou Lir, « Silence, oh moyle ! »

En expiation de chaque larme qu'il a fait verser à
nos tendres compagnes, une goutte du sang arraché
à son cœur baignera notre glaive.

Par le nuage rougeâtre qui descendit sur la sombre demeure de Conor (1), lorsque les trois champions d'Ulad (2) dormaient, baignés de sang! Par
les vagues de la guerre qui ont si souvent porté ces
héros au rivage de la victoire !

Nous jurons de les venger ! Aucune joie ne sera
goûtée, la harpe sera muette, la vierge sans époux,
nos salles seront désertes, et nos champs stériles,
jusqu'à ce que notre vengeance s'appesantisse sur
la tête du meurtrier !

Oui, Monarque ! doux sont les souvenirs de la patrie, douces sont les larmes que la tendresse fait couler ; douces sont nos amitiés, nos espérances et nos
amours ; mais, mille fois plus douce encore, est la
vengeance contre un Tyran !

—————————————

(1) « Oh Naïsi ! n'apperçois-tu pas un nuage qui flotte
dans les cieux ? Je vois sur la verte Éman, une sombre nuée
teinte d'un rouge de sang ! »   (*Chant de Deirdri.*)
(2) Ulster.

MÉLODIE XVIII.

Oh ! ne crois pas que mon esprit soit toujours aussi joyeux, aussi affranchi d'angoisses ! N'espère pas que le sourire rayonnant de ce soir reviendra demain éclairer mon front !

Non, la vie est une dissipation de quelques heures fatigantes que la rose du plaisir vient rarement orner: le cœur qui respire, avec le plus d'ivresse, le parfum des fleurs, est toujours le premier que déchirent les épines!

Mais faisons circuler la coupe, et soyons heureux un moment. Puissions-nous dans notre pélerinage ici bas, ne rencontrer jamais que les pleurs que la jouissance peut dorer d'un sourire, et les sourires qu'une tendre pitié peut convertir en larmes !

Dieu seul sait combien la trame de notre vie serait sombre, si elle n'était entremêlée d'amitié et d'amour; et quand ces biens cesseront d'être chers à mon ame, puissé-je ne pas leur survivre longtemps !

Ceux qui ont aimé les êtres les plus tendres, les plus purs, ont eu trop souvent à pleurer l'illusion qu'ils avaient chérie ; et le cœur qui s'est endormi sur la foi de l'amitié la plus sincère, est trop heureux s'il n'a jamais été trahi.

Mais, faisons circuler la coupe. Tant qu'un reste de vérité subsistera dans l'homme, ou dans la femme, je demanderai au ciel que le brillant soleil de l'Amour puisse éclairer notre jeunesse, et la douce lumière de l'Amitié consoler notre déclin !

MÉLODIE XIX.

LA VALLÉE D'OVOCA,

ou

LA RENCONTRE DES EAUX (1).

Il n'y a pas, dans ce monde immense, une vallée si délicieuse, que la vallée dans le sein de laquelle les eaux brillantes se réunissent. Oh! les derniers rayons du sentiment et de la vie, s'effaceront de mon cœur avant qu'il perde le souvenir de cette contrée fleurie!

Cependant ce n'*était pas* parce que la nature avait

---

(1) « La rencontre des eaux » forme une partie du délicieux paysage qui s'étend entre Rathdrum et Arklow, dans le comté de Wicklow; et ces vers me furent inspirés par une excursion que je fis, dans cette romantique contrée, pendant l'été de 1807.

répandu avec profusion, sous ces frais ombrages, son cristal le plus pur, et sa verdure la plus brillante; ce n'*était pas* la douce magie des eaux ou des collines; oh! non, c'était quelque chose encore plus ravissant!

C'était les amis, les bien-aimés de mon ame, qui, près de moi, me rendaient plus chers ces lieux enchanteurs; c'était eux, qui me faisaient sentir combien les plus beaux charmes de la Nature gagnent à être réfléchis par les regards de ce qu'on aime.

Douce vallée d'Ovoca! combien j'aimerais à reposer dans ton sein ombragé, avec les amis que je chéris le plus, lorsque cesseront les tempêtes qui nous assiégent dans ce monde glacé, et que nos cœurs, comme tes eaux (1), se confondront dans le repos!

---

(1) Les rivières d'Avon et d'Ovoca.

MÉLODIE XX.

N'oublions pas le champ de bataille où périrent les plus fidèles et les derniers des braves.

Ils tombèrent tous ! la brillante espérance que nous avions chérie, disparut avec eux, et s'éteignit dans leur tombeau !

Oh ! si nous pouvions arracher à la Mort ces cœurs palpitans, pour livrer encore une fois à la face du ciel, le combat de la Liberté !

Si la chaîne que la Tyrannie riva autour de nous, pouvait alors se briser un instant ; oh ! ni l'Homme, ni les Cieux ne la refermeraient !

Mais l'heure est passée ! Quoique le nom de notre vainqueur puisse vivre dans l'Histoire, maudite soit la marche du conquérant qui foule aux pieds des cœurs nobles et libres !

Oh ! bien plus cher que les trophées de tous ceux qui se sont élevés à la gloire sur les ruines de la Liberté, est la tombe, ou la prison, illustrée du nom d'un patriote !

MELODIE XXI.

Viens avec moi sur la mer, oh! jeune fille! Sois ma compagne, quand le soleil brille, quand l'orage gronde, ou lorsque la neige tombe sur les flots!

Les saisons changent et se succèdent, mais l'ame fidèle brûle du même feu sous tous les climats.

Qu'importent les menaces du Sort, si j'ai ton Amour, si nous sommes unis! La vie est près de toi, la mort où tu n'es pas. Viens donc avec moi sur la mer azurée; oh! jeune fille, viens, que les vents indomptés nous dirigent!

Les saisons changent et se succèdent, mais l'ame fidèle brûle du même feu sous tous les climats.

L'Océan fut créé pour les ames libres, la Terre pour les cours et les chaînes! Ici, nous sommes esclaves, mais sur les vagues, l'Amour et la Liberté sont à nous! Nul œil ne nous épie, nulle langue ne nous trahit; la Terre est oubliée, le Ciel nous environne.

Oh! viens avec moi sur la mer, jeune fille! Viens, que les vents indomptés nous conduisent!

Les saisons changent et se succèdent; mais l'ame fidèle brûle du même feu sous tous les climats.

MÉLODIE XXII.

APPEL AU COMBAT.

Oh ! qui ne voudrait sortir d'une vie sans Liberté?
Pour un jour de Liberté qui ne voudrait mourir ?
Écoutez.....écoutez! c'est la trompette! l'appel du
brave, le chant de mort des tyrans, et le glas de
l'esclave.

Notre patrie est baignée dans le sang; oh! volons
à son aide ; un bras qui la défend est plus fort que
les armées qui l'envahissent!

Oh! qui ne voudrait sortir d'une vie sans Liberté;
Pour un jour de Liberté qui ne voudrait mourir !

Notre dernier refuge est dans le sein hospitalier du trépas; les morts ne craignent plus les
tyrans, la tombe n'a point de chaînes!

9*

En avant, marchons au combat! Les héros qui versent leur sang pour la Vertu, pour la Patrie, sont seuls des héros. Si la Liberté de ce monde est chassée, ne désespérons pas : aux cieux du moins nous la retrouverons!

Notre dernier refuge est dans le sein hospitalier du trépas ; les morts ne craignent plus les tyrans, la tombe n'a point de chaînes!

MÉLODIE XXIII.

LE CHANT DE FIONNUALA (1).

SILENCE, ô Moyle! calmez-vous, Eaux mugissantes! et vous brises légères, ne vous éveillez pas lorsque, poussant de plaintifs murmures, la fille solitaire de Lir raconte ses douleurs à l'étoile de la nuit. Le cygne, après son doux champ de mort, repliera-t-il enfin ses ailes pour s'endormir dans les ténèbres?

---

(1) Pour rendre cette histoire intelligible en chanson, il faudrait un beaucoup plus grand nombre de vers, qu'il n'est permis d'en infliger à la fois à ses auditeurs. Il faut donc que le lecteur se contente d'apprendre que Fionnuala, fille de Lir, fut métamorphosée en cygne par quelque puissance surnaturelle, et condamnée à errer, pendant plusieurs centaines d'années, sur certains lacs et certaines rivières d'Irlande, jusqu'à la venue du Christianisme; le premier son de la cloche de la messe devait être le signal de sa délivrance. — J'ai trouvé cette gracieuse fiction parmi quelques traductions manuscrites de la langue irlandaise qui avaient été commencées sous la direction de cette amie éclairée de l'Irlande, la défunte comtesse de Moira.

Quand la douce cloche du Ciel sonnera-t-elle pour rappeler mon ame de ce monde orageux?

Le Destin m'a condamnée, depuis bien des siècles, à languir tristement sur tes vagues d'hiver, ô Moyle! Et cependant Érin dort encore, plongée dans les mêmes ténèbres; la pure lumière tarde encore à paraître!

Quand cet astre du jour, se levant par degrés, échauffera-t-il notre île de paix et d'amour? Quand la douce cloche du Ciel appellera-t-elle mon ame aux plaines éthérées?

MÉLODIE XXIV.

FAISONS circuler la Coupe ; laissons aux prétendus sages et aux sots raisonneurs les disputes de croyance. Ce moment est une fleur, trop fragile, et trop belle, pour être flétrie et souillée par la poussière des écoles. Votre verre peut être pourpre, le mien peut être bleu ; mais lorsqu'ils sont remplis de la même liqueur brillante, l'insensé qui querellerait sur leur différence de teintes, ne mérite pas la joie qu'ils répandent dans l'ame.

Demanderai-je au brave soldat qui combat à mes côtés pour la cause du genre humain, si nos croyances s'accordent ? Abandonnerai-je l'ami que j'ai apprécié, éprouvé, s'il ne s'agenouille pas devant le même autel que moi ? M'enfuierai-je loin de la jeune hérétique qui captive mon ame, pour chercher ailleurs un baiser plus orthodoxe ? Non ! périssent et les cœurs et les lois qui citent à un pareil tribunal la Franchise, la Valeur et l'Amour !

MÉLODIE XXV.

LES SOUVENIRS.

Qu'Érin se rappelle ses anciens jours , ces jours où ses fils infidèles ne l'avaient point encore trahie ; où Malachi portait le collier d'or (1) , qu'il arracha à l'orgueilleux conquérant de sa terre natale ; où ses Rois déployaient l'étendard vert, et conduisaient au danger les Chevaliers de la Branche Rouge (2), avant

---

(1) « Ceci amena un combat entre Malachi (monarque d'Irlande au dixième siècle) et les Danois, dans lequel Malachi défit deux de leurs champions qu'il combattit de pied ferme et main à main. Il prit un collier d'or au cou d'un de ses adversaires ; et emporta le sabre de l'autre, comme trophées de sa victoire. (*Histoire d'Irlande par Warner.* Vol. 1er, liv. 9.)

(2) « Les ordres militaires de Chevalerie furent établis de très-bonne heure en Irlande. Long-temps avant la naissance du Christ, nous trouvons, dans l'Ulster, un ordre de chevalerie héréditaire, appelé *Curaidhe na Craoibhe ruadh*, ou les Chevaliers de la Branche Rouge, d'après leur principale

que la brillante émeraude du monde occidental (1)
ornât la couronne d'un étranger.

Le pêcheur qui s'égare sur les rives du Lough-
Neagh (2), quand arrive la fraîcheur du soir, voit
briller à ses pieds, sous les vagues, les tours rondes des
jours passés. Ainsi la Mémoire, dans de sublimes
rêves, saisit une lueur des jours qui ne sont plus,
et cherche en soupirant, dans les ondes du Temps,
les gloires effacées qu'ils recouvrent!

---

résidence dans Emania, attenante au palais des rois d'Ulster, nommée *Teagh na Craoibhe ruadh*, ou l'Académie de la
Branche Rouge. Contigu à cet édifice, était un grand hôpital
fondé pour les chevaliers et les soldats malades, appelé
Bron-Bhearg, ou la Maison des Soldats Affligés. » (*Introduc-
tion d'O'halloran*, etc. Partie 1re, chap. 5.)

(1) L'Irlande, ainsi nommée à cause de ses prairies toujours vertes, grâce à l'humidité de son climat.

(2) Il existait, au temps de Giraldus, une vieille tradition sur
le Lough-Neagh qu'on disait avoir été, dans l'origine, une fontaine qui, par une crue subite, avait inondé le pays, et,
comme l'Atlantide de Platon, englouti toute une région. Il
dit que, par un temps clair, les pêcheurs montraient aux
étrangers les hautes tours ecclésiastiques ensevelies dans les
eaux. — « Piscatores aquæ illius turres ecclesiasticas, quæ
more patriæ arctæ sunt et altæ, necnon et rotundæ, sub
undis manifestè, sereno tempore conspiciunt et extraneis
transeuntibus reique causas admirantibus frequenter osten-
dunt. » (*Topogr. Hib.* Dist. 11, Chap. 9.)

MELODIE XXVI.

QUAND celui qui t'adore (1) n'aura laissé derrière lui que le nom de sa faute et de ses douleurs, oh! dis, pleureras-tu s'ils noircissent la renommée d'une vie qui a été livrée pour toi ? Oui, pleure ! et quel que soit l'arrêt de mes ennemis, tes larmes l'effaceront; car le Ciel est témoin que, coupable envers eux, je n'ai été que trop fidèle pour toi !

Tu étais l'idole des rêves de mon premier amour; chaque pensée de ma raison t'appartenait : dans mon humble et dernière prière à l'Éternel, ton nom sera mêlé avec le mien. Oh ! bénis soient les amans et les amis qui vivront pour voir les jours de ta gloire ; mais après cette joie, la plus chère bénédiction que puisse accorder le Ciel, c'est l'orgueil de mourir pour toi !

(1) Ces vers font allusion à une histoire racontée dans un vieux manuscrit irlandais, qui est trop longue et trop triste pour être insérée ici.

MÉLODIE XXVII.

Ah ! crois-moi, si tous ces jeunes charmes ravis-
sans, que je contemple si tendrement aujourd'hui,
changeaient dès demain, et s'évanouissaient entre
mes bras, comme les dons fugitifs des fées, tu serais encore adorée comme tu l'es à présent. A quelque heure que tes attraits se flétrissent, autour de
la ruine chérie chaque désir de mon cœur s'enla-
cera plus ardent et plus tendre !

Ce n'est pas tandis que la jeunesse et la beauté
te parent de leur éclat, lorsque tes joues n'ont pas
encore été profanées par les pleurs, que tu peux
connaître l'ardeur et la foi d'une ame à laquelle le
temps ne te rendra que plus chère. Oh! le cœur, qui
a vraiment aimé, jamais n'oublie ; mais aime encore,
fidèle jusqu'à la fin, comme la fleur du soleil tourne
vers son dieu, quand il se couche, le même regard
dont elle a salué son lever !

MÉLODIE XXVIII.

LE TRÈFLE D'ÉRIN,

ET

L'OLIVIER D'ESPAGNE.

SUBLIME fut l'appel de la Liberté, et glorieux l'instant du réveil où, pleins de vie et de vengeance, les Espagnols secouèrent la chaîne du Vainqueur. Oh, Liberté ! que ton esprit ne se repose point avant d'avoir franchi, comme la brise salutaire, les vagues de l'Occident ; prête la lumière de tes yeux à notre terre affligée. Quand tu ajoutes à ta guirlande l'olivier d'Espagne, oh ! n'oublie pas le trèfle d'Érin!

Si la gloire de nos aïeux, léguée avec leurs droits, donne au pays son charme, à la patrie ses délices ; si la trahison est une blessure, et le soupçon une insulte, alors, ô fils de l'Ibérie, notre cause est la même.

Puisse un tombeau sans larmes et sans honneur, attendre celui qui souhaiterait une mort plus noble et plus sainte, que celle du guerrier qui exhale son dernier soupir dans le souffle de la victoire, pour le trèfle d'Érin et l'olivier d'Espagne!

Vous Blakes, vous O'Donnels, dont les pères abandonnèrent les vertes collines de leur jeunesse, pour chercher parmi des étrangers, ce repos après lequel ils soupiraient en vain dans leur patrie, priez que la flamme magique que vous avez allumée puisse se faire encore sentir à Érin, aussi calme et aussi brillante, et pardonnez, même à Albion, lorsqu'enfin repentante, elle tire, en rougissant, son glaive pour la cause trop long-temps méprisée de l'olivier d'Espagne et du trèfle d'Érin!

Que Dieu protége notre cause! Oh elle ne peut manquer de prospérer, tant que le cœur du patriote battra pour elle, et défendra ses droits. La douleur sanctifiera les martyrs qui succombent! La Gloire désignera à la Postérité, le lieu où ils reposent, tandis que loin des tyrans, des lâches et des esclaves, le jeune Esprit de la Liberté, ombragera leur tombeau de l'olivier d'Espagne, et du trèfle d'Érin!

MÉLODIE XXIX.

LA HARPE DE TARA.

La harpe qui jadis révélait l'ame de la Musique aux échos des salles de Tara, aujourd'hui suspendue à ces murs désolés, garde un morne silence, comme si son ame s'était enfuie. Ainsi sommeille l'orgueil des anciens jours, ainsi le tressaillement de la gloire est passé, et les cœurs qui palpitaient pour la louange ne battent plus pour elle aujourd'hui.

La harpe de Tara ne module plus ses doux accords pour les Chefs guerriers et leurs brillantes Dames. La corde qui se brise dans le silence de la nuit, raconte seule l'histoire de sa ruine. Ainsi la Liberté ne s'éveille plus que rarement. Le seul signe de vie qu'elle donne est, lorsqu'un noble cœur se brise, pour montrer qu'elle existe encore!

MÉLODIE XXX.

L'ESPRIT ET LA RICHESSE.

Buvons à la belle qui long-temps éveilla les soupirs du poëte, à la jeune fille qui donna aux chansons ce que l'or ne put jamais acheter ! Oh ! le cœur de la femme est réservé au seul Ménestrel. Touché par d'autres mains, ce doux instrument n'est pas moitié si mélodieux. Buvons donc à celle qui long-temps éveilla les soupirs du poëte ; à la jeune fille qui donna aux chansons ce que l'or ne put jamais acheter !

A la porte de verre de la Beauté, jadis se rencontrèrent la Richesse et l'Esprit : « Qui entrera, demandèrent-ils ? Elle répondit : Le plus adroit..... A l'aide de sa clef d'or la Richesse crut passer ; mais elle fit de vains efforts, tandis que l'Esprit apporta un diamant qui lui ouvrit un brillant sentier ! Buvons donc à celle qui long-temps éveilla les soupirs du poëte, à la jeune fille qui donna aux chansons ce que l'or ne put jamais acheter!

L'Amour qui cherche une demeure près des grandeurs, près des richesses, est comme le sombre gnome qui habite d'obscures mines d'or; mais l'amour du poëte plane dans une plus brillante région. Les Cieux sont sa patrie, quoique la femme le retienne sur la terre. Buvons donc à celle qui long-temps éveilla les soupirs du poëte, à la vierge qui donna aux chansons ce que l'or ne put jamais acheter !

MÉLODIE XXXI.

ERIN! OH ÉRIN!

SEMBLABLE à la lampe brillante qui, sur le saint autel de Kildare (1), a brûlé pendant des siècles de ténèbres et de tempêtes, le cœur que les douleurs ont oppressé en vain, leur survit, encore jeune et ardent. Érin, oh Érin! à travers les larmes d'une longue nuit d'esclavage, aussi brillant ton esprit m'apparaît.

Les nations sont tombées, et tu vis encore; ton soleil se lève quand les autres se couchent, et quoique le nuage de l'Esclavage ait obscurci ton Aurore, le midi

---

(1) Le feu inextinguible de sainte Brigitte à Kildare, que mentionne Giraldus. « *Apud Kildariam occurrit Ignis Sanctæ Brigidæ, quem inextinguibilem vocant; non quòd extingui non possit, sed quòd tam sollicitè moniales et sanctæ mulieres ignem, suppetente materiâ, fovent et nutriunt ut à tempore virginis per tot annorum curricula semper mansit inextinctus.* » (Girald. Camb. de Mirabil. hibern. Dist. 11, c. 34.)

10

de la Liberté rayonnera encore autour de toi.

Érin, oh Érin ! quoique long-temps dans l'ombre,
ton étoile brillera, quand les astres les plus orgueilleux pâliront !

La pluie ne glace pas, le vent n'éveille point le
lis qui dort pendant les heures glacées de l'hiver,
jusqu'à ce que la main du printemps délie sa froide
chaîne, et que le jour et la Liberté bénissent la jeune
fleur (1).

Érin, oh Érin ! ton hiver est passé, et l'espérance qui lui a survécu est tout près de fleurir.

---

(1) Madame H. Tighe, dans ses charmans vers sur le lis, a
appliqué cette image à un sujet encore plus important,

MÉLODIE XXXII.

BALLADE.

ELLE portait de rares et précieux joyaux (1). La baguette qu'elle tenait était ornée d'un brillant anneau d'or, mais sa beauté surpassait ses joyaux étincelans et sa baguette d'un blanc de neige.

« Jouvencelle! ne crains-tu pas de t'égarer, ainsi

---

(1) Cette ballade est fondée sur l'anecdote suivante : « Le grand exemple de Brien et son excellente administration avaient inspiré au peuple de tels sentimens d'honneur, de vertu et de religion, qu'on en cite pour preuve le voyage qu'une jeune dame d'une grande beauté, ornée de pierreries et de vêtemens coûteux, entreprit de faire seule d'un bout à l'autre du royaume, n'ayant à la main qu'une baguette au haut de laquelle était un anneau d'un fort grand prix. Les lois et le gouvernement de ce Monarque avaient fait une si grande impression sur l'esprit de tout le peuple, qu'on n'attenta point à son honneur, et qu'on ne lui déroba ni ses joyaux, ni ses vêtemens. » (*Histoire d'Irlande, par Warner,* vol. 1, liv. 10.)

10*

» seule et belle, dans cette route déserte ? Les fils
» d'Érin sont-ils donc si bons ou si glacés, que ni
» l'or ni la femme ne les puissent tenter ? »

« Sire Chevalier ! je ne ressens aucune alarme ;
» les fils d'Érin ne m'offenseront point ; car quoi-
» qu'ils aiment les belles et les bijoux dorés, Sire
» Chevalier ! ils aiment davantage encore l'honneur
» et la vertu ! »

Elle poursuivit sa route, et son sourire virginal
la protégea et l'éclaira par toute l'Ile Verte. Bénie à
jamais celle qui se confia, tout entière, à l'honneur
et à l'orgueil d'Érin !

MÉLODIE XXXIII.

AVANT LA BATAILLE.

Au nom de l'espoir qui fait tressaillir nos cœurs, précurseur du combat de demain ; par ce soleil dont la lumière nous apportera les chaînes ou la Liberté, la mort ou la vie, oh ! rappelons-nous que l'existence ne peut avoir de charmes pour celui qui ne vit pas libre ! Comme l'astre du jour disparaît sous les vagues, ainsi un héros descend au cercueil au milieu de la rosée de larmes des nations. Heureux celui dont le déclin est adouci par les sourires de ses enfans, qui l'aident à descendre la pente rapide des années ; mais, combien ils meurent plus glorieusement, ceux qui ferment les yeux sur le sein de la Victoire !

Courbé sur les charbons mourans de son feu de garde, l'ennemi pâlit, tandis que son cœur lui rappelle le champ de bataille où nous obscurcîmes l'éclat de sa gloire ! Que jamais il ne rattache la chaîne dont nous nous affranchîmes alors ! Écoutez ! le cor des combats nous appelle! Oh ! avant le retour du soir, puissions-nous faire circuler en triomphe cette coupe guerrière (1)! Plus d'un cœur dont les battemens se précipitent maintenant, ce soir, froid et glacé, sommeillera pour jamais, et ne s'éveillera plus au cri même de la Victoire : mais, quel glorieux sommeil que celui du héros, sur lequel pleurera l'univers étonné !

---

(1) « Le *Corna* irlandais n'était pas entièrement consacré à la guerre : dans les siècles d'héroïsme, nos ancêtres s'en servaient pour boire le *Meadh*, comme les chasseurs danois s'en servent encore aujourd'hui pour le même usage. »

(*Walker.*)

MÉLODIE XXXIV.

APRÈS LA BATAILLE.

La Nuit descendit et enveloppa les vainqueurs; l'éclair fit entrevoir la colline éloignée, où ceux qui perdirent ce jour terrible, s'assemblèrent, épuisés et en petit nombre, mais encore intrépides! L'espoir du guerrier, l'ardeur du patriote, à jamais obscurci, à jamais traversé! Ah! qui racontera ce qu'éprouvent les héros, quand tout est perdu, hors la vie et l'honneur!

La triste et dernière heure du rêve de la Liberté, et de la lutte de la Valeur, s'écoula lentement, tandis que, silencieux, ils veillèrent, jusqu'à ce que le premier rayon du matin brilla, et leur prêta sa lumière pour mourir!

Il est un monde où les ames sont libres, où les tyrans ne corrompent pas les dons de la Nature: si la Mort n'est que l'entrée de ce monde brillant, oh! qui voudrait vivre esclave en celui-ci?

MÉLODIE XXXV.

HÉLÈNE,

ou

LA DAME DE ROSNA (1).

Vous vous rappelez Hélène, l'orgueil de notre hameau. Douce et modeste, elle bénit son sort,

---

(1) Cette ballade fait allusion à l'histoire du comte d'Exeter. S'étant marié jeune à une femme indigne de sa tendresse, il divorça, et se retira (n'ayant pas encore hérité du titre) dans une partie éloignée du Shropshire. Il s'établit sous le nom de Jones, dans un village dont la situation champêtre et isolée lui avait plu. Confondu parmi les villageois, il prenait part à leurs jeux et soulageait leur misère. La vie qu'il menait, les bienfaits qu'il répandait sans qu'on sût d'où lui venait tant d'argent, et sans qu'on lui vît professer un état, firent naître cependant des soupçons et des doutes; et ce ne

quand William l'Étranger la prit pour épouse, et
l'amour embellit de sa lumière leur humble demeure. Ils voyagèrent ensemble dans la vie, battus
des vents et des tempêtes. Enfin William dit tristement : « Allons chercher fortune en d'autres
plaines. » Hélène soupira, et quitta son humble
chaumière.

Ils errèrent, fatigués, sur des routes désertes;

---

fut pas sans peine qu'il trouva à se loger et à vivre comme il
le désirait chez quelque honnête fermier. Au bout de deux
ans, il s'absenta, mais revint bientôt après; ennuyé de la
vie oisive qu'il menait, il acheta du terrain et fit bâtir une
maison. Le fermier, qui l'avait reçu à sa table, avait une fille
d'environ dix-sept ans dont la fraîcheur et la beauté éclip-
saient les belles de Londres. M. Cécil (depuis comte d'Exeter)
découvrit que, malgré son humble destinée, cette jeune fille
avait un cœur et un esprit, dignes de briller au premier rang.
Un jour que le père revenait de conduire la charrue, il lui demanda Sara en mariage. Le consentement ne fut accordé
par les parens qu'après une mûre délibération, et sans qu'ils
connussent leur gendre sous un autre nom que sous celui de
Jones. Bientôt après le mariage, il apprit la mort de son oncle
le comte d'Exeter, dont il était héritier. Il partit aussitôt, ame-
nant sa femme avec lui; arrivés dans le Northampton-Shire,
aux environs de la belle terre patrimoniale qui lui appartenait, il demanda à sa compagne si le site et le château lui
plaisaient. Elle répondit que jamais elle n'avait rien vu de si
beau et de si délicieux. Alors il la salua du titre de dame du
château. Transportée tout-à-coup de son village à la cour,
l'aimable comtesse d'Exeter s'y fit respecter et adorer. Elle
mourut en 1797.   (*Note du traducteur.*)

le cœur de la jeune épouse était oppressé, lorsqu'à
la fin d'un jour d'orage, ils virent de loin les or-
gueilleuses tours d'un château s'élever parmi les
arbres. « Ce soir, dit le jeune homme, nous de-
manderons là-bas un abri. Le vent est froid et
l'heure est avancée. » Il sonna du cor d'un air im-
posant, et le portier s'inclina lorsqu'ils franchirent
le seuil de la porte.

« Sois la bien venue, noble dame, s'écria le jeune
époux ; ce château t'appartient, ainsi que cette
sombre forêt. » Elle le crut insensé ; mais il disait
la vérité. Hélène est dame de Rosna-Hall ! Le lord
de Rosna chérit tendrement celle dont William l'É-
tranger gagna l'amour et la foi ; et l'éclat du bonheur, sous ces lambris dorés, brille aussi pur que
sous l'humble toit de chaume !

MÉLODIE XXXVI.

LE PAYSAN IRLANDAIS

A SA MAITRESSE (1).

A travers les douleurs, à travers les dangers, ton sourire a égayé ma route, et a couvert des fleurs de l'espérance les épines qui m'entouraient. Plus notre sort était sombre, plus notre pur amour brillait d'un vif éclat. Bientôt la honte se convertit en gloire : la crainte fit place au zèle le plus ardent. D'esclave que j'étais, dans tes bras je redevins libre, et mon ame bénit les douleurs qui m'avaient valu ta tendresse.

Ta rivale était honorée lorsque l'on t'abreuvait d'insultes et de mépris ; tu portais une couronne

_____

(1) Quoiqu'il soit difficile de se méprendre sur ce personnage allégorique, nous croyons devoir prévenir le lecteur que c'est de l'Irlande qu'il s'agit.   (*Note du traducteur.*)

d'épines, tandis que l'or parait son front; elle m'appelait dans ses temples, quand tu pleurais cachée dans les cavernes. Ses amis étaient tous des tyrans: les tiens, hélas! étaient esclaves; cependant j'aimerais mieux dormir à tes pieds, dans ma tombe, que de former une union que j'abhorre, ou de te ravir une seule de mes pensées!

Ils te calomnient indignement, ceux qui disent que tes vœux sont fragiles. Si tu avais été infidèle, tes joues ne seraient pas si pâles! Ils disent aussi que tu as porté si long-temps ces chaînes flétrissantes, qu'elles ont laissé sur ton cœur leur servile et profonde empreinte : Oh! ne les croyez pas! Aucune chaîne ne put soumettre cette ame ardente. Où brille ton esprit, là brille aussi la Liberté (1)!

---

(1) « Où est l'esprit du Seigneur, là est aussi la liberté. ». (Saint Paul, *Épître aux Corinthiens*, 111, vers. 17.)

MÉLODIE XXXVII.

SUR LA MUSIQUE.

———

Lorsqu'a travers la vie nous errons malheureux,
pleurant tout ce qui faisait chérir l'existence , si
quelqu'air que nous aimions , aux jours de notre
enfance , vient à frapper notre oreille , oh ! avec
quelle ivresse nous recueillons les accords qui réveillent des pensées depuis long-temps assoupies ,
et qui rappellent le sourire dans des yeux ternis
par les pleurs!

Le souffle bienfaisant des chants , entendus jadis
dans des heures plus heureuses, est semblable au zéphyr qui glisse, en soupirant, sur des fleurs orientales
imprégnées de parfums. La brise soupire encore
quoique les fleurs soient fanées et sans vie ; ainsi
quand le rêve du Plaisir est passé, son doux souvenir revit dans le souffle de la Musique !

Oh divine Musique ! le langage impuissant et
faible se retire devant ta magie! Pourquoi le Senti-

ment parlerait-il jamais, quand tu peux seule exhaler toute son ame? Les paroles séduisantes de l'Amitié nous trompent; les vœux de l'Amour sont encore moins sincères; ah! il n'est que le doux accent de la Musique qui puisse doucement consoler sans jamais trahir!

MÉLODIE XXXVIII.

L'ORIGINE DE LA HARPE.

On croit que cette Harpe, que j'éveille maintenant pour toi, était jadis une Syrène qui chantait sous
la mer, et qui souvent au soir traversait les vagues
brillantes, pour rencontrer sur le vert rivage un
jeune homme qu'elle aimait.

Mais elle aimait en vain ; il la laissa pleurer, et
baigner de ses larmes toute la nuit ses longues
tresses, jusqu'à ce que le ciel prenant pitié d'un
amour si tendre et si vrai, métamorphosa en cette
douce Harpe la vierge des mers !

Son beau sein s'éleva comme avant, ses joues sou-
rirent encore de même, son corps se courba gra-
cieusement ; ses cheveux, laissant échapper des
pleurs de chaque brillante boucle, recouvrirent son
bras de neige, et devinrent des cordes d'or (1).

---

(1) L'idée première de ce chant fut suggérée à l'auteur par

De-là vient que cette douce Harpe a si long-temps mêlé le langage de l'Amour avec le triste accent de la Douleur, jusqu'à ce que, les séparant, tu aies enseigné à ses chants à n'être qu'amour auprès de toi, et que douleur quand tu me quittes !

---

un dessin fort ingénieux, placé en tête d'une Ode sur sainte Cécile, publiée il y a quelques années par M. Hudson, de Dublin.

MÉLODIE XXXIX.

Ne t'enfuis pas encore, voici l'heure où le plaisir, semblable à la fleur de minuit, qui dédaigne de briller à la lumière du jour, commence à s'épanouir pour les fils de la nuit, et les vierges qui aiment la rêveuse clarté de la lune ! La Beauté et la Lune ne furent créées que pour orner ces heures d'ombre et de mystère : alors, leurs douces attractions font enfler les ondes et remplissent les coupes de nectar !

Oh ! demeure ! Oh ! demeure ! La joie tresse si rarement une guirlande comme celle de ce soir ; oh ! ce serait dommage de briser si tôt ses liens.

Ne t'enfuis pas encore ; la fontaine qui jaillissait, dans les temps antiques, sous les ombrages d'Ammon (1), quoiqu'elle coulât fraîche et glacée pendant le jour, commençait à brûler, semblable aux ames joyeuses, à l'approche de la nuit. Comme elle,

---

(1) Solis Fons, près du temple d'Ammon.

11

le cœur et les regards de la femme, aussi froids à midi que les ruisseaux d'hiver, doivent se rallumer, quand le retour de la nuit ramène l'heure du feu sacré.

Oh! demeure, oh! demeure! Le matin trouva-t-il jamais ouverts des yeux aussi brillans que ceux qui étincellent ici?

MÉLODIE XL.

CHANT NATIONAL.

PLEUREZ, pleurez, l'heure de votre gloire est passée ; vos rêves d'orgueil se sont évanouis ; la chaîne fatale est rivée de nouveau, et vous n'êtes plus des hommes !

En vain le cœur du héros a saigné ; la voix du sage a retenti en vain. Oh ! Liberté ! une fois ta flamme éteinte, elle ne se rallume jamais !

Pleurez, peut-être dans les jours à venir ils apprendront à chérir votre nom : plus d'une action s'éveillera rayonnante de gloire, qui a long-temps dormi dans le mépris ! Et lorsqu'ils parcourront l'île désolée, où reposent enfin le seigneur et l'esclave, surpris, ils demanderont, comment des mains si viles purent dompter des cœurs si braves ?

« Ce fut le Sort, diront-ils ; un destin ennemi trama votre discorde : tandis que vos tyrans s'unissaient dans leur haine, jamais l'amour ne vous unit! Mais les cœurs qui devaient s'enlacer, s'éloignèrent ; l'homme profana ce que Dieu lui avait donné, jusqu'à ce qu'on en vit maudire l'autel, où, à genoux, d'autres imploraient les Cieux! »

MÉLODIE XLI.

MES ADIEUX A MA HARPE.

CHÈRE Harpe de ma Patrie ! je t'ai trouvée dans les ténèbres ; la froide chaîne du silence (1) pesait depuis long-temps sur toi ; plein d'orgueil, je te saisis, ô Harpe chérie de mon Ile natale ! Je brisai tes liens, je te rendis à la lumière, à la Liberté et aux chants ! Les brûlans gémissemens de l'amour, les accens légers du bonheur, éveillèrent tes plus tendres et tes plus vifs accords ; mais tu as si souvent répété le profond soupir de la douleur, qu'il t'échappe encore au milieu de ta joie.

---

(1) Dans le chant séditieux mais beau, qui commence ainsi : « Quand Erin se leva pour la première fois, » il y a, si je ne me trompe, ce vers-ci :

« La sombre *chaîne du silence* fut jetée sur l'abîme. »

La chaîne du silence était une espèce de figure de rhétorique fort en usage chez les anciens Irlandais. Walker dit :
« Une célèbre dispute s'éleva sur la préséance entre Finn

Chère Harpe de ma Patrie! adieu à tes accords : ce doux chant sera le dernier que tes cordes accompagneront. Va, dors! que le soleil de la Gloire brille sur ton sommeil, jusqu'à l'heure où une main plus digne t'éveillera de nouveau. Si le cœur du patriote, du guerrier, de l'amant, a palpité en écoutant nos chansons, la gloire en est à toi; je n'étais que la brise qui te caressait en passant; comme elle j'éveillais tes accords, dont la douceur sauvage et inconnue appartient à toi seule!

---

et Gaul, près du palais de Finn à Almhaïm, où les bardes spectateurs, désirant faire cesser les hostilités, secouèrent la chaîne du silence, et s'élancèrent au milieu des combattans. » Voyez aussi l'*Ode à Gaul, fils de Morni*, dans les *Reliques de la poésie irlandaise publiées par miss Broo.* »

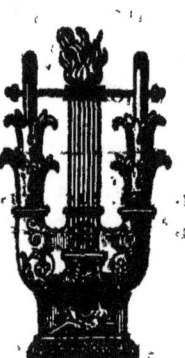

MÉLODIE XLII.

Harpe chérie ! j'éveille encore une fois tes doux accords si long-temps assoupis ; à nos derniers adieux je t'ai baignée de larmes, et mes pleurs t'accueillent aujourd'hui. Aucune lueur de joie n'a brillé sur toi ; semblable à ces Harpes, dont les accords célestes ont raconté un esclavage aussi sombre que le tien, tu es restée suspendue aux longs rameaux du saule.

Et cependant, depuis que tes cordes ont résonné pour la dernière fois , une heure de paix , de triomphe a sonné ; plus d'un cœur généreux a bondi d'espérances , maintenant ensevelies dans la honte. Alors même, quand la Paix planant sur la terre et la mer, chantait son hymne d'allégresse , quoiqu'elle apportât au monde la joie et l'espérance, elle n'apportait pour toi que de nouvelles larmes !

Qui peut donc demander les accens du plaisir à tes cordes plaintives, ô ma Harpe ! Hélas, le chant joyeux et matinal de l'alouette résonnerait aussi mal au déclin du cygne! Comment, moi qui t'aime, qui te bénis, invoquerais-je ton souffle pour des accens de Liberté, quand les guirlandes même, dont je te pare, sont tristement mélangées de chaînes et de fleurs!

Mais reprenons courage : si l'accent de la joie peut encore t'animer, retrouve pour moi tes joyeux accords; montre au monde étonné combien ta musique peut encore être douce, malgré tes fers et ta douleur : avec quelle légèreté, au milieu des ténèbres qui t'environnent, tu peux encore t'éveiller au frisson du plaisir; semblable à la statue brisée de Memnon qui, du sein des ruines, fait entendre de doux et harmonieux accens (1)!

---

(1) « Dimidio magicæ resonant ubi Memnone chordæ,
» Atque vetus Thebe centum jacet obruta portis. »
(*Juvénal.*)

MÉLODIE XLIII.

LE JOUR DE NAISSANCE DU PRINCE (1).

QUOIQUE nos douleurs soient profondes, aujour-
d'hui nous les oublierons; le sourire brillera à travers nos larmes, comme un rayon de soleil brille à
travers la pluie; il n'y eut jamais de cœurs, si nos
souverains le voulaient, plus formés que les nôtres
pour la reconnaissance et le bonheur !

Mais lorsque notre chaîne moins pesante a cessé
de nous faire souffrir, quand l'Espérance l'orne de
fleurs, alors un nouveau lien vient accabler notre
ame ! Oh ! la Joie que nous goûtons, semblable à la
lumière des pôles, est un éclair au milieu des
ténèbres, trop brillant pour durer. Mais, quand ce
serait la dernière et faible étincelle du feu de notre
ame, rallumons-la pour fêter notre Prince.

---

(1) Cette chanson fut composée pour une fête donnée en
l'honneur de la naissance du Prince de Galles, alors régent,
par le major Bryan en 1810, à sa maison de campagne dans
le comté de Kilkenny en Irlande.

Honte au vil courtisan, qui ose nous nommer parjures ! terribles à nos ennemis, nos amis nous trouvent fidèles ; et le plus noble tribut offert à une tête royale, est l'amour d'un cœur qui aime aussi la Liberté. Tandis que les lâches, qui ternissent notre gloire, qui nous ravissent nos droits, fuiront épouvantés loin du feu des batailles, le vert étendard s'avancera le premier. Oh ! je répondrais de notre foi sur ma vie ! appelés au combat, à l'heure même, nous bannirions nos souvenirs amers, pour montrer ce que peut le bras de l'antique Érin, armé contre l'ennemi, le jour consacré au Prince.

Il aime l'Ile Verte, et son amour est gravé dans des cœurs, qui ont trop souffert pour oublier : Oui, notre espoir sera couronné, notre amour aura sa récompense ; Érin reverra des jours purs et brillans !

Le diamant se brise sous des coups répétés, mais rien ne peut obscurcir ses rayons : chaque débris répand jusqu'à la fin sa vive lumière ; de même, Érin, ma Patrie, quoique brisée par la douleur, il y a en toi un éclat qui ne passera pas : un courage qui rayonne à travers les souffrances, et sourit à tes peines en ce jour glorieux !

MÉLODIE XLIV.

LE JEUNE RÊVE D'AMOUR.

Oh ! les jours sont passés où la Beauté brillante enlaça mon cœur de ses chaînes, quand le rêve de la vie, depuis l'aurore jusqu'à la nuit, était l'amour, toujours l'Amour ! Une nouvelle espérance peut fleurir, de nouveaux jours viendront peut-être, éclairés de rayons et plus doux et plus calmes ; mais il n'est rien, dans la vie qui soit moitié si doux que le premier rêve d'amour !

Le Barde peut s'élever à une gloire plus pure quand le feu de la jeunesse est passé ; il peut arracher un sourire au sage qui s'armait contre lui de rigueur : mais jamais, au midi de sa gloire, il n'éprouvera une joie si douce que celle qu'il goûta, lorsqu'il chanta, pour la première fois, à sa belle, son ardente flamme, et qu'il la vit rougir, au nom chéri si souvent répété !

Oh! cette image révérée, qu'un premier Amour a gravée dans nos cœurs, ne s'oublie jamais : elle plane sans cesse au-dessus des verts bocages qu'habitait la jeunesse; seuls restes du printemps dans les vagues régions du Souvenir. C'est un par-fum évanoui aussitôt que répandu; le rêve ailé du matin de la vie! c'est une lumière qui ne peut plus briller sur le cours lent et monotone des jours!

MÉLODIE XLV.

SEMBLABLE à un rayon du soleil qui fait étinceler de mille feux la surface des eaux, tandis que, froids et ténébreux, les flots coulent au-dessous, le sourire du plaisir peut colorer les traits, quoique le cœur glacé coure tristement à sa ruine.

Il est un fatal souvenir, un amer chagrin, qui jette son ombre glacée à la fois sur nos joies et sur nos douleurs, que la vie ne peut ni assombrir, ni brillanter, pour laquelle la Joie n'a point de baume, et l'Affliction point d'aiguillon :

Oh! cette pensée demeure au milieu des jouissances, comme une branche morte et sans feuilles qui revoit les jours brillans de l'Été; les rayons du soleil vivifiant se jouent en vain autour d'elle, elle peut sourire à la lumière; mais elle ne reverdira plus!

MÉLODIE XLVI.

Où sont-ils, les glaives des anciens jours? où sont les hommes qui les portaient? Armés pour défendre leurs droits, ils s'élevaient sublimes; et les tyrans rampaient devant eux! Purs alors, les cours n'avaient pas enchaîné leur courage; ils ne cherchaient d'autres honneurs que ceux de la vertu. Oh! que n'avons-nous les glaives des anciens jours! etc.

Où sont-ils, les Rois qui florissaient alors? où est la pompe qui les couronnait, lorsque les cœurs et les bras d'hommes libres étaient leur unique rempart? Confié à des ames fidèles, le trône s'entourait d'un cercle d'amour, que la trahison n'osait franchir. Oh! que n'avons-nous les Rois qui florissaient alors! etc.

MÉLODIE XLVII.

Combien je chéris l'heure où s'éteint la clarté du jour, où les rayons du soleil semblent se fondre dans la mer silencieuse! c'est alors que s'élèvent les doux rêves des jours passés, alors le Souvenir exhale vers toi son soupir du soir!

Tandis que je contemple les sillons de lumière qui se jouent sur les vagues tranquilles vers le brillant Occident, je brûle de suivre ce sentier rayonnant et doré, qui me semble devoir conduire à quelque île heureuse et paisible!

MÉLODIE XLVIII.

BALLADE (1).

LA BELLE KATHLEEN.

Près de ce lac dont le sombre rivage n'a jamais répété le doux chant de l'alouette (2), où la roche escarpée s'élance dans les airs, saint Kevin, jeune alors, fut chercher le sommeil. « Ici du moins, se dit-il avec calme, aucune femme ne troublera mon repos. » Ah! le bon saint connaissait peu ce sexe rusé, et tout ce qu'il peut entreprendre.

---

(1) Cette ballade est fondée sur une des nombreuses histoires qu'on raconte de saint Kevin, dont on montre encore la couche creusée dans le rocher à Glendalough, un des sites les plus sauvages et les plus romantiques du comté de Wicklow.

(2) Il existe sur ce lac plusieurs autres traditions curieuses qui se trouvent dans Giraldus, Colgan, etc.

Il fuyait les yeux de Kathleen, ces yeux d'un bleu qui n'était rien moins que céleste! elle l'avait aimé tendrement et long-temps, désirant qu'il fût tout à elle, sans penser faire mal. En quelque lieu que le Saint pût s'enfuir, il entendait bientôt son pas léger derrière lui; soit qu'il se dirigeât vers l'Orient ou vers l'Occident, les yeux de Kathleen brillaient encore devant lui.

Couché sur la roche escarpée, il dort enfin paisiblement, rêvant des cieux, et sûr que là, du moins, les sourires d'une femme ne le poursuivront pas. Mais, ni le ciel, ni la terre ne sont affranchis du pouvoir de celle qui aime. A ce moment même, tandis qu'il sommeille dans le calme, Kathleen pleure courbée sur lui.

Intrépide, elle a suivi ses pas jusqu'à ce lieu sauvage et désolé, et lorsque le matin vint frapper ses regards, il rencontra aussi les doux yeux de Kathleen. Ah! ces Saints ont un cœur trop cruel! furieux, de sa couche il se lève, et d'un choc impétueux, la précipite du haut de la roche recourbée.

Glendalough! tes sombres vagues furent le tombeau de la belle Kathleen; bientôt le Saint (hélas trop tard!) comprit son amour, et gémit sur son sort. « Puisse son ame, dit-il, reposer dans les Cieux ! » Alors une douce musique sortit du sein du Lac ; et l'on vit son ombre souriante glisser sur l'onde fatale !

MÉLODIE XLIX.

CHANT SACRÉ (1).

O Dieu, vie et lumière de ce monde merveilleux !
l'éclat du jour, le sourire des nuits, sont tes émana-
tions. De quelque côté que nous tournions nos
regards, partout ta gloire étincelle, et tout ce qui
est beau et brillant vient de toi !

Quand le Jour lance un rayon d'adieu, entre les
nuages du soir, au milieu desquels il aime à s'arrêter, lorsque d'autres cieux nous apparaissent à travers ces portiques dorés, ces teintes si douces, si radieuses, qui marquent le déclin du Soleil, émanent
de toi, Seigneur !

---

(1) « Le jour est à toi ; la nuit aussi est à toi : tu as préparé
la lumière et le soleil.

» Tu as posé toutes les limites de la terre ; tu as fait l'hiver et l'été. » (Psaume LXXIV, v. 16. 17.)

12*

Quand la nuit aux ailes noires et parsemées d'étoiles, obscurcit la terre et le ciel, semblable au bel oiseau dont le sombre plumage étincèle d'yeux innombrables ; cette sainte obscurité, ces feux divins, imposans, infinis, émanent de toi, ô Seigneur !

Quand le Printemps, toujours jeune, exhale ses parfums, ton esprit échauffe ses soupirs embaumés; et chaque fleur qui couronne l'Été, est née sous ton œil lumineux. De quelque côté que nous tournions nos regards, partout ta gloire étincelle, tout ce qui est beau et brillant émane de toi !

MÉLODIE L.

CHANT SACRÉ.

Ton trône est tombé, ô Israël ! Le silence règne sur tes plaines ; tes demeures sont désertes, tes enfans pleurent dans les chaînes. Où est la manne qui te nourrissait sur les rivages stériles d'Etham ? Le feu du ciel qui te guidait n'éclaire plus ton sentier solitaire.

Seigneur ! tu aimais Jérusalem ; jadis elle était à toi tout entière ; son amour était ton plus bel héritage (1), sa puissance, le trône de ta gloire (2), jusqu'au moment où l'esprit du mal vint flétrir ton

---

(1) « J'ai laissé mon héritage ; j'ai livré la bien-aimée de mon âme entre les mains de ses ennemis. » (*Jérémie*, XII, v. 7.)

(2) « Ne dégrade pas le trône de ta gloire. » (*Jérémie*, XIV, v. 21.)

vert olivier(1); et où les autels de Salem s'allumèrent
pour d'autres Dieux !

Alors s'éclipsa l'étoile de Solyme; alors s'évanouirent ses jours de gloire, comme la bruyère du
désert que le vent, déchaîné, arrache et disperse (2).
Les bocages que parcouraient jadis les puissans de
la terre, sont silencieux et dévastés. Elles sont en-
glouties ces tours coupables où Baal régnait comme
Dieu!

Allez, ô Conquérans, dit le Seigneur ! Baignez
vos glaives dans son sang, et rasez ses remparts (3)
que le Seigneur ne défend plus ! Que les filles désolées de Sion foulent aux pieds les ossemens de
leurs pères, et que la vallée de carnage d'Hinnom (4)
ne puisse recéler tous les morts !

---

(1) « Le Seigneur te nomma son vert olivier, beau, et couvert de fruits, etc. » (*Jérémie*, XI, v. 16.)

(2) « Il sera semblable à la bruyère du désert. » (*Jérémie*,
XII, v. 6.)

(3) « Renversez ses remparts, que le Seigneur n'éleva
pas. » (*Jérémie*, v. 10.)

(4) « Les jours approchent, dit le Seigneur, où elle ne
sera plus nommée Tophet, ou la Vallée du Fils d'Hinnom,
mais la Vallée de Carnage, car ils y enterreront leurs morts
jusqu'à ce qu'ils ne puissent plus y trouver de place. » (*Jérémie*, VII, 32.)

MÉLODIE LI.

LE DÉPART.

I

QUOIQUE je voie disparaître avec douleur le rivage chéri d'Érin, cependant, auprès de toi, je retrouverai partout l'île Verte.

Dans l'exil, ton sein sera ma patrie, et tes yeux la lumière qui brillantera les lieux où nous errerons.

Je fuirai avec mon ami (1) dans quelque sombre désert, sur la froide rive hérissée de roches menaçantes, où l'œil de l'étranger ne nous atteindra plus.

L'ouragan dans sa fureur est moins impitoyable que l'ennemi courroucé que nous laissons derrière nous.

---

(1) *Coulin*, jeune homme aux longues tresses.

Je contemplerai ta chevelure dorée qui couronne ton front gracieux; la tête appuyée sur ta douce harpe, je l'entendrai exhaler ses sauvages accords, sans plus craindre que le Saxon, au cœur glacé, n'arrache une corde de ta harpe, ou une boucle de tes cheveux (1).

---

(1) « Dans la vingt-huitième année du règne de Henri VIII, il fut fait un acte sur les habitudes et sur le costume national des Irlandais, par lequel il était défendu à ces derniers d'être rasés ou tondus au-dessus des oreilles, de porter des *glibbes* ou *coulins* (longues tresses) sur leurs têtes, et de laisser croître, sur la lèvre supérieure, un bouquet de barbe appelé *crommeal.* Un de nos Bardes composa un chant à cette occasion, dans lequel une vierge irlandaise donne la préférence à son cher *Coulin* (jeune homme aux tresses flottantes), sur tous les étrangers (les Anglais), et sur ceux qui adoptent le costume de ces derniers. L'air de ce chant est seul parvenu jusqu'à nous; il est universellement admiré. » (*Mémoires historiques des Bardes irlandais*, par Walker, pag. 134.)—M. Walker nous apprend aussi que, vers le même temps, on prit des mesures très-sévères contre les ménestrels irlandais.

MÉLODIE LII.

QUE de fois la Benshee (1) a crié! que de fois
la Mort a détaché les liens brillans que là gloire a
formés! que de fois elle a délié les douces chaînes
de l'Amour!,

Paix aux nobles cœurs qui reposent! paix aux
yeux fidèles qui pleurent! Puissent les belles et les
braves soupirer long-temps sur la tombe des héros!

Le Sort nous a fait naître dans de sombres et malheureux jours (2); les astres disparaissent les uns
après les autres. Chaque nom brillant qui répandait
son éclat sur notre terre, s'est enfui.

---

(1) Nom qu'on donne en Irlande à un Esprit, qui crie pour
annoncer les malheurs et la mort, et dont la voix effrayante
se mêle au vent d'orage ou à l'ouragan.

(2) J'ai voulu faire allusion dans ce passage à cette triste et
funeste fatalité qui a enlevé à l'Angleterre, tant de grands
hommes, d'hommes généreux, au moment même où elle
avait le plus grand besoin de talent et d'intégrité.

Amers et tristes sont les pleurs de celui qui gémit sur des espérances évanouies, sur des joies perdues pour jamais ; mais les larmes qui coulent sur la tombe du héros, sont brillantes de gloire et d'immortalité !

Tous nos phares sont éteints. Tu es tombé, Héros des cent combats(1)! Et Toi aussi, Toi dont les accens brûlans rendaient au monde la Vérité, la Paix, la Liberté (2)! Ils ne sont plus! mais tant que la Valeur brillera, tant que la douce Miséricorde repoussera la guerre, Érin redira, avec orgueil, comment ils ont vécu, et comment ils moururent !

---

(1) Ce titre qui a souvent été donné par d'autres que moi à lord Nelson, est celui d'un héros irlandais, célébré dans un poëme d'O'gnive, Barde d'O'nial, qui est cité dans une *Description philosophique du sud de l'Irlande*, page 433. « Connor, des cent combats, dors dans ta tombe couverte de gazon, et n'insulte pas à nos défaites par tes victoires ! »
(2) Fox, « Ultimus Romanorum. »

MÉLODIE LIII.

Chant tiré du Prophète voilé de Khorassan.
(Traduction libre.)

IL est un Esprit, dont les soupirs embaumés brûlent dans l'air, et pénètrent jusque dans les profondeurs de la terre; quand un doux coloris brille sur les visages, quand un tendre sentiment fait palpiter les cœurs, l'Esprit est proche : quand les lèvres se rencontrent, l'Esprit est là!

Son souffle est pur comme le parfum de ces fleurs, et ses yeux humides.... oh, ils ressemblent aux lis bleus, quand la brise agite l'onde azurée autour de leurs tiges!

Salut! ô salut, puissant Dieu, Esprit d'Amour et de Bonheur! l'heure qui t'est consacrée s'avance : jamais la lune ne répandit une lueur plus douce et plus mystérieuse, hâte-toi !

Au nom de la vierge et du guerrier, qui s'unissent,

en rougissant, comme les vagues et le soleil du soir se confondent à l'horizon!

Par les pleurs que la Passion fait répandre, semblables aux gouttes de pluie qui tombent du ciel embrasé!

Par la première palpitation d'amour qui fait battre le cœur du jeune amant! par le bonheur de se revoir; par la douleur de se quitter!

Par toutes les joies que tu as données aux mortels, et qui, si elles devaient toujours durer, feraient de cette terre un Paradis!

Nous t'invoquons, Pouvoir suprême! Esprit d'amour et de bonheur! L'heure qui t'est consacrée s'approche, et jamais plus douce lueur n'éclaira un ciel plus serein. Hâte-toi!

MÉLODIE LIV.

Quand je vois ces yeux sourians, pleins d'espérance, de joie, et de lumière, comme si aucun nuage ne pouvait obscurcir un ciel si brillant et si pur, je soupire en pensant avec quelle vitesse la douleur peut ternir tous ces rayons, et faire presque oublier à ce cœur si gai, si heureux maintenant, qu'il ait jamais connu la joie.

Le Temps s'avance avec tous ses désenchantemens, les espérances trompées, les amis ingrats, et l'Amour, qui laisse partout sur son passage, un cœur ou glacé, ou brûlant!

La jeunesse, pure comme la neige que la pluie des tempêtes n'a point encore souillée, une fois qu'elle a versé les pleurs des passions, ne reprend plus son éclat printanier!

MÉLODIE LV.

Souvent, pendant le calme de la nuit, avant que le Sommeil ait enchaîné mes sens, la Mémoire ramène autour de moi la lumière des jours passés; les sourires, les pleurs de l'adolescence, les mots d'amour, si chers alors; les yeux qui brillaient, maintenant ternis ou fermés, les cœurs joyeux qui ne palpitent plus!

Ainsi, pendant la nuit paisible, avant que le Sommeil ait enchaîné mes sens, le triste Souvenir ramène la lumière des jours passés.

Quand je me rappelle tous les amis que j'ai vus tomber autour de moi, comme les feuilles dans le brouillard d'automne; il me semble parcourir seul la salle déserte des banquets. Les flambeaux sont éteints, les guirlandes sont flétries, tous les convives ont disparu, tous, excepté moi seul!

Ainsi, pendant la nuit paisible, avant que le Sommeil se soit appesanti sur moi, le triste Souvenir ramène les pâles lueurs des jours qui ne sont plus!

MÉLODIE LVI.

CHANT SACRÉ.

Ne viens pas ! ô Seigneur ! dans les vêtemens
éclatans que tu portais sur le Mont, au jour de ta
colère ; viens, voilé de ces ombres, profondes et
imposantes, que la tendre Miséricorde étend sur tes
traits de feu !

Seigneur ! tu te rappelles la nuit, où ton Peuple (1) faisait face à l'Ennemi sur les bords de la
Mer-Rouge ; ta colonne lumineuse annonçait à l'É-
gypte la mort et la Désolation, tandis qu'Israël se
réjouissait, pendant la nuit, au feu de ses rayons !

Ainsi, quand les nuages redoutables de ta colère
épouvantent le Monde, cache-nous, dans ta miséricorde, ta face menaçante.

Tandis qu'oppressés de terreur les coupables te
contemplent, tourne vers nous la douce lumière de
ton amour !

---

(1) Elle parut entre le camp des Égyptiens et le camp d'Israël ; c'était, pour les premiers, une nuée ténébreuse ; mais
la nuit, elle prêtait sa lumière aux Israélites. (*Exode* XVI. 20.)
L'application, que j'ai faite de ce passage, est empruntée à
quelque écrivain, dont je suis assez ingrat pour avoir oublié
le nom.

MÉLODIE LVII.

Le Soleil du matin brillait d'un vif éclat, je vis
une barque légère se balancer mollement sur les
eaux. Je revins, quand le Soleil pâlissant s'éloignait
de la rive, la barque était encore là, mais les vagues s'étaient enfuies.

Ah! tel est le sort des brillantes espérances du
matin de la vie. Les flots passagers de la joie nous
soutiennent un instant, et puis nous abandonnent.
Chaque vague qui nous portait sur sa crête brillante,
quand vient le soir, nous laisse seuls sur le rivage
désolé.

Ne me parlez jamais de l'éclat doux et serein qui
orne le déclin de nos jours, du calme de la nuit.
Rendez-moi, rendez-moi la vive fraîcheur du matin; ses nuages et ses pleurs valent mieux que la
plus belle lumière du soir.

Oh! qui ne désirerait le retour de cet instant,

où la passion éveilla une nouvelle vie dans tout son être, où son ame, semblable au bois qui devient précieux en brûlant, exhala tous ses parfums dans les feux délicieux de l'Amour.

MÉLODIE LVIII.

CHANT SACRÉ DE MIRIAM ;

« Et Miriam, la prophétesse, sœur d'Aaron, prit à la
main un tambourin ; et toutes les femmes la suivirent
en dansant au son des instrumens. » (*Exode.* xv. 20.)

Que le tambourin sonore retentisse sur la sombre
mer de l'Égypte ! Jéhovah triomphe, son peuple
est libre ! Chantez, car l'orgueil du Tyran est brisé :
ses chars, ses cavaliers, si beaux et si vaillans, en
vain ils se vantaient ! Le Seigneur a parlé, et les
chars et les cavaliers ont disparu sous la vague écumante !

Que le tambourin sonore retentisse sur la sombre
mer de l'Égypte ! Jéhovah triomphe, son peuple
est libre !

Gloire au roi des armées, gloire au Seigneur !
Sa parole était notre flèche, et son souffle notre
glaive !

Qui retournera vers l'Égypte conter le sort de ceux qu'elle envoya dans son orgueil superbe ? Le Seigneur a baissé les yeux du haut de la colonne étincelante (1), et ses milliers de braves ont péri sous les flots !

Que le tambourin sonore retentisse sur la sombre mer de l'Égypte ! Jéhovah triomphe, son peuple est libre !

---

(1) « Et il arriva que, pendant la garde du matin ; le Seigneur ayant regardé le camp des Égyptiens, au travers de la colonne de feu et de la nuée, mit le trouble dans l'armée des Égyptiens. » (*Exode* XIV. v. 24.)

MÉLODIE LIX.

Ce monde entier n'est qu'une ombre fugitive, où les illusions se succèdent rapidement ; les sourires de la joie, les larmes de la douleur sont de faux semblans, qui brillent aux yeux de l'homme, pour le tromper, pour l'attendrir. Il n'est rien de vrai que le Ciel !

L'éclat des ailes de la Gloire est faux et passager, comme les teintes pâlissantes du soir ; les fleurs de l'Amour, de l'Espérance, de la Beauté, s'épanouissent pour la tombe. Il n'est rien de brillant que le Ciel !

Pauvres voyageurs d'un jour orageux, chassés de vague en vague, l'éclair de l'Imagination, le rayon plus calme de la Raison, ne font que nous montrer les dangers de la route. Il n'est rien de calme que le Ciel !

MELODIE LX.

Ne pleurez pas sur ceux que le voile de la tombe a dérobés à nos yeux, au matin heureux de la vie, avant que le Péché eût flétri la fraîcheur et la jeunesse de l'ame, avant que la Terre eût profané ce qui était né pour les Cieux. La mort tarit cette belle onde avant que la douleur l'eût souillée : elle fut glacée dans tout l'éclat de son cours. Elle sommeillera jusqu'à ce qu'un soleil immortel vienne fondre ses froides chaînes, et la rendre à l'Éden qu'elle arrose, et où d'abord elle prit sa source ! Ne pleurez pas, etc.

Ne pleurez pas sur la jeune épouse de la Vallée (1),

---

(1) Ce second couplet, que je composai long-temps après le premier, fait allusion au sort de la belle et aimable fille du colonel Bainbridge, qui fut mariée dans l'église d'Ashbourne, le 31 octobre 1815, et qui mourut peu de semaines après : le son de la cloche, qui célébrait son mariage, retentissait encore à nos oreilles, lorsque nous entendîmes sonner son glas funèbre. Pendant son dernier accès de délire, elle

de nos belles la plus aimable et la plus folâtre, à jamais perdue pour nous. Avant que l'éclat printannier de la vie eût eu le temps de pâlir, lorsque les fleurs fraîches écloses de la guirlande d'Amour ornáient encore son front, l'Esprit chéri s'enfuit de ce monde ténébreux, dont elle ne connaissait que les jours de Soleil ; et les hymnes que d'une voix si douce elle murmurait en mourant, furent répétés dans les Cieux par des lèvres aussi pures que les siennes !

Ne pleurez pas sur elle.... Au printemps de la vie, elle s'envola vers cette terre où l'ame déploie enfin ses ailes ; et maintenant, semblable à l'étoile qu'on entrevoit à travers la froide rosée du soir, radieuse, elle contemple d'en-haut les pleurs que nous versons.

---

chanta plusieurs hymnes, d'une voix plus pure et plus douce que de coutume, et quelques-uns des chants sacrés de cette collection, entre autres, celui-ci : « Il n'est rien de brillant que le ciel. »

FIN DES MÉLODIES IRLANDAISES.

MÉLOLOGUE

SUR

DIFFÉRENS AIRS NATIONAUX.

AVERTISSEMENT.

Ces vers furent écrits pour une représentation à bénéfice au théâtre de Dublin, et furent prononcés par mademoiselle Smith, avec un succès qu'ils ne dûrent qu'à sa manière admirable de les réciter. Je les composai à la hâte, et il arrive rarement que la poésie qui a coûté peu de travaux à l'auteur, fasse grand plaisir aux lecteurs. Convaincu de cette vérité, je ne les eusse pas publiés, s'ils n'avaient été insérés, à mon insu, dans quelques journaux, avec un si grand nombre d'erreurs, que j'ai cru devoir les présenter tels qu'ils sont, afin de n'être responsable vis-à-vis du public, que de mes propres fautes.

A l'égard du titre que j'ai inventé pour ce genre de poésie, je me sens plus de scrupule que l'empereur Tibère, lorsqu'il demanda humblement pardon au sénat romain de s'être servi du « terme étranger de *monopole*. » Mais le fait est, qu'ayant composé cette pièce de vers pour une représentation à bénéfice, j'ai pensé qu'un

mot inintelligible comme celui-là ne serait pas
sans attrait pour la multitude, qui y trouve-
rait « simon du sens, au moins du grec. » J'ex-
pliquerai, cependant, à quelques-uns de mes
lecteurs que, par « *mélologue,* » j'ai voulu exprimer ce mélange de déclamation et de musique, qui est fréquemment adopté dans l'exé-
cution de l'ode de Collins sur les passions, et
dont l'exemple le plus frappant que je me rappelle, est le discours prophétique de Joad dans
l'Athalie de Racine.

THOMAS MOORE.

MÉLOLOGUE.

IL est un langage, connu et senti en tous lieux où l'air pur répand sa bénigne influence, en tous lieux où le cœur peut s'émouvoir à la colère, à la pitié. Depuis ces plaines brûlantes, où jadis, du sommet d'une tour élevée, le jeune et tendre Péruvien, confiant ses soupirs à la nuit, appelait son amante avec une si douce puissance, qu'aussitôt que ses chants atteignaient son oreille, l'attrait du monde entier n'eût pu la retenir (1), jusqu'aux régions désolées habitées par la nuit, où, sous un ciel sans feux et sans rayons, le Lapon fait voler son renne vers le lieu où l'attend sa compagne : il chante en glissant sur le sentier neigeux qui semble s'allonger devant lui, aussi joyeux que si la vive

---

(1) Un Espagnol rencontra une femme indienne dans les rues de Cozco, à une heure avancée de la nuit ; il voulut l'amener chez lui ; mais elle s'écria : « Pour l'amour de Dieu, Monsieur, laissez-moi aller ; car cette flute qui retentit du haut de cette tour que vous voyez là-bas, m'appelle avec une si vive passion que je ne puis refuser d'y obéir ; l'Amour me contraint d'y aller, afin que je puisse être la femme du musicien, et qu'il devienne mon mari. » (*Garcilasso de la Véga, dans la traduction de sir Paul Ricaut.*)

lumière du soleil printanier, éclairait son front : oh !
Musique ! ton céleste empire est partout irrésis-
tible, partout le même. Le puissant Océan obéit à
l'astre argenté qui préside à ses changemens, ainsi
les flots des passions s'élèvent et s'abaissent devant
toi !

Air grec.

Écoutez ! c'est une vierge de la Grèce qui chante,
tandis que près des sources étincelantes de l'Illissus,
elle puise dans son urne gracieuse l'onde fraîche et
limpide ; à ses côtés, ravi par le charme de la musique, un jeune patriote revoit le passé glorieux,
et rêve aux jours brillans qui ne reviendront plus !
A ces jours, où Athènes cultivait, d'une main que les
tyrans n'avaient point enchaînée, sa branche d'olivier, et tressait pour le front des Muses une guirlande que n'avait point souillée le souffle des tyrans.
Alors, les héros couvraient cette terre classique,
où chancèlent maintenant les pieds du lâche (1);
alors chaque bras était l'égide de la Liberté, et chaque cœur son autel !

---

(1) On doit se rappeler que ces vers furent écrits long-
temps avant la révolte des Grecs, et lorsqu'on ne croyait plus
à la résurrection glorieuse de ce peuple magnanime qui s'est
montré si grand dans ses revers.   (*Note du traducteur.*)

Fanfare de trompettes.

ENTENDEZ-VOUS le son guerrier qui charme les oreilles du coursier belliqueux! A ce bruit redoutable, la mère enlace de ses bras le jeune soldat qu'elle a jadis porté dans ses flancs; et quoique son tendre cœur succombe à la crainte, elle sent avec orgueil bouillonner dans les veines du jeune homme le sang qu'agite la fièvre de la valeur!

Voyez descendre de ses montagnes natales le rustique Helvétien. Il vole à la guerre, insouciant de savoir pour quelle cause il combat, prêt à tirer le glaive pour l'esclave ou pour le despote, pour le juste, ou pour l'opprimé; souvent vainqueur, jamais héros, et cependant prodigue de son sang, comme si, de même que le ruisseau de ses montagnes, il devait couler à jamais!

Oh! divine Mélodie, au milieu de cette carrière de frénésie et d'insouciance, ton charme magique exerce encore son merveilleux pouvoir!

Air suisse « Ranz des Vaches. »

Il est un air que l'on entend souvent résonner dans les rochers de sa terre chérie, vers le déclin du jour, quand les bergers ramènent leurs troupeaux à l'étable au son de leurs pipeaux. Oh! chaque note fait tressaillir le cœur du soldat exilé, éveille dans

son ame les pensées les plus tendres, rassemble autour de ses genoux les enfans aux joues de rose qu'il
a laissés dans sa patrie : il voit les yeux des petits
anges se remplir de larmes, qui semblent lui demander pourquoi il erra, loin de sa chaumière, à la
recherche des scènes de carnage !

En vain alors, la trompette d'airain retentit, il
n'entend plus que les doux chants de la Patrie, de
l'Amour ; et ses yeux impitoyables, et avides de sang,
maintenant adoucis et voilés, se fondent en pleurs !

Fanfares.

Mais, que la trompette résonne de nouveau, et
réveille les guerriers ! ô Bellone, quand la Vérité
arme ton bras, et que l'Esprit de la Liberté guide
l'orage, alors ta vengeance prend une forme révérée,
et semblables au feu du ciel, tous tes coups sont sacrés ! Toi-même, divine Musique, tu ne possèdes
pas, dans ton vaste empire, un son plus mélodieux,
pour l'oreille de Celui qui créa toute harmonie, que
le son glorieux des fers qui se brisent, l'accent de
la première hymne que l'homme adresse à la Liberté, en sortant de la nuit d'esclavage !

Chorus espagnol.

Silence ! l'Espagne indignée, l'Espagne glorieuse
fait éclater la première le chant hardi, et inspiré, qui

s'élève vers les Cieux comme les hymnes du matin !

Dans chaque accent elle semble jurer, par les
rues désolées de Saragosse, par la mort du brave
Gérona, de souiller de son sang la gloire du conquérant, tant *qu'un* cœur espagnol palpitera encore !

Air espagnol : « Ya Desperto. »

Mais hélas ! si le zèle du patriote est vain, si la
force de sa valeur, si la lumière de sa sagesse,
ne peuvent ni fondre, ni briser le sceau cimenté
par le sang, qui ferme les annales des droits de
l'Europe, quel chant racontera, dans sa tristesse, les
rêves de l'orgueil abattu, les nuages de l'avenir
obscurci, la mort des espérances ensevelies, mais
non oubliées ?

Qui dira comment l'ardeur s'éteignit, comment
l'honneur fut flétri sans retour? Quelle Muse chan-
tera, sur l'autel du Souvenir, l'hymne funèbre des
braves qui ne sont plus ? La Muse d'Érin!

Quelle harpe soupirera sur la tombe de la Liberté ? Ta Harpe, ô Érin !

FIN DU MÉLOLOGUE.

NOTES

DES

AMOURS DES ANGES.

NOTE I, PAGE 10.

« Ayant pris son origine dans une erreur commise par les
» Septante, en traduisant un verset du sixième chapitre de
» la *Genèse*, etc. »

L'erreur de ces interprètes (qui est, dit-on, aussi dans
la vieille version italienne) consiste à avoir fait des
« fils de Dieu » les « anges de Dieu » : οἱ ἄγγελοι τοῦ θεου;
méprise qui, avec l'aide des Commentaires allé-
goriques de Philon, et les fictions absurdes du livre
d'Énoch (1), était plus que suffisante pour frapper l'i-
magination d'écrivains demi-païens, comme saint Clément
d'Alexandrie, Tertullien et Lactance, ceux des Pères de
l'Église qui se sont le plus livrés à des rêveries d'imagination sur ce sujet. Le plus grand nombre, cependant,

---

(1) Il est déplorable de penser que cette absurde production,
que nous connaissons maintenant tout entière, grâce à la traduction du docteur Laurence, ait jamais été regardée comme un
ouvrage inspiré et authentique. Voyez la *Dissertation prélimi-
naire*, à la tête de la traduction de M. Laurence.

14

a rejeté cette fiction avec indignation. Saint Chrysostôme, dans sa vingt-deuxième homélie sur la Genèse, en démontre vivement l'absurdité (1), et saint Cyrille considère une supposition telle que εγγυς μωριας, « comme voisine de la folie (2). » Selon ces Pères (et leur opinion a été suivie par tous les théologiens, depuis saint Thomas jusqu'à Caryl et Lightfoot (3)), le terme de « fils de Dieu » doit être compris comme désignant les descendans de Seth par Enos, famille particulièrement favorisée du Ciel, parce que ce fut parmi elle que les hommes commencèrent, pour la première fois, « à invoquer le nom du Seigneur; » tandis qu'ils supposent que, « par les filles des hommes, »

---

(1) Un des argumens de Chrysostome, c'est que, dans l'Ancien-Testament, les Anges ne sont nulle autre part appelés « fils de Dieu; » mais son commentateur, Montfaucon, prouve qu'il s'est trompé, et que, dans le livre de Job, ils sont désignés ainsi (ch. 1, ver. 6), tant dans l'original hébreu que dans la Vulgate, quoique effectivement ce nom ne se trouve pas dans la version des Septante, la seule, dit-il, qu'ait lue saint Chrysostôme.

(2) Lib. 11, *Glaphyrorum.* — Philæstrius, dans son Enumération des hérésies, classe parmi elles cette Histoire des Anges, et dit qu'elle doit être rangée au nombre de ces fictions sur les Dieux et les Déesses, sorties de l'imagination des poëtes païens. « Sicuti et paganorum et poetarum mendacia adserunt deos deasque transformatos nefanda conjugia commisisse. » (*De Hœres*, édition de Basil. p. 101.)

(3) Lightfoot dit : « Les fils de Dieu ou les membres de l'Église, et la progéniture de Seth, se marièrent indifféremment et au hasard avec les filles des hommes ou la race de Caïn, etc. » Je trouve dans Pole que, selon la version Samaritaine, la phrase peut être comprise comme signifiant « *les fils des juges.* » Tant le mot hébreu, *Elohim*, est susceptible de recevoir diverses interprétations.

on désignait la race corrompue de Caïn. La probabilité,
cependant, est que les mots en question auraient dû se
traduire par ceux-ci : « Les fils des nobles, ou les grands, »
comme nous les voyons interprétés dans le *Targum
d'Ankelos* (la plus ancienne et la plus fidèle de toutes
les paraphrases chaldéennes), et comme il paraît, d'a-
près Cyrille, que la version de Symmaque les rend aussi.
Cette traduction du passage lève tous les doutes, et
débarrasse l'Histoire Sacrée d'une extravagance qui
peut plaire à l'imagination du poëte, mais qui ne peut
s'accorder avec nos idées philosophiques et religieuses.

NOTE 2, PAGE 14.

« Et qui, à chaque instant de la nuit et du jour, transmet-
» tent à travers leurs innombrables légions, l'écho de sa pa-
» role lumineuse. »

Saint Denis (*de Cœlest. hierarc.*) est d'avis que lorsque
Isaïe représente les Séraphins comme se criant « les uns
aux autres, » son intention est de décrire ces communi-
cations de la pensée et de la volonté divine, qui passent
continuellement des ordres supérieurs des anges aux
ordres inférieurs. οἷα καὶ αὐτοὺς τοὺς θεοτάτους Σεραφὶμ οἱ
θεολόγοι φασὶν ἕτερον πρὸς τόν ἕτερόν κεκραγέναι, σαφῶς ἐν
τούτῳ καθάπερ οἶμαι, δηλοῦντες, ὅτι τῶν θεολογικῶν γνώσεων
οἱ πρῶτοι τοῖς δεύτεροις μεταδιδόασι.

Voir aussi, dans la paraphrase de Pachymère sur Saint
Denis, *chap.* 2, un passage assez frappant dans lequel il
représente toutes les créatures vivantes comme étant,
à un degré plus fort ou plus faible, « les échos de Dieu. »

14*

NOTE 3, PAGE 16.

« Je vis, du haut de l'élément azuré, une des plus belles
» filles des hommes à demi-voilée dans le cristal transparent
» d'un ruisseau. »

Ce passage est fondé sur l'autorité, ou plutôt sur l'i-
magination de quelques-uns des Pères qui supposent que
les femmes de la terre furent apperçues pour la première
fois, par les anges, dans cette situation. Saint Basile en a
même fait sérieusement le motif d'une règle assez rigou-
reuse pour la toilette de ses belles pénitentes, ajoutant :
ἱκανον γαρ εστι παραγυμνουμένον καλλος και υἱους θεου προς
ἡδονην γοηθευσαι, και ὡς ἀνθρωπους δια ταυτηναποθνησκοντας
θνητους ἀποδειξαι.

NOTE 4, PAGE 19.

« Esprit de cette belle étoile, habitant, etc. »

L'opinion de Kircher, de Riccioli, etc., (et je crois
que c'était, jusqu'à un certain point, celle d'Origène),
est que les étoiles sont mues et dirigées par des intelligences ou des anges qui président à leurs destins. Entre
autres passages de l'Écriture à l'appui de cette notion,
ils citent ces mots du livre de Job : « Quand les étoiles du
matin chantèrent ensemble. » — Sur quoi Kircher remarque : « *Non de materialibus intelligitur.* » (Itin. 1.
Isagog. astronom.) Voyez aussi le très-prolixe commentaire de Caryl sur le même texte.

NOTE 5, PAGE 21.

« Les célestes *gardiens* qui veillent près du trône, etc. »

« Les gardiens (*watchers*), race du Ciel. » Livre d'Énoch. Dans Daniel aussi, les Anges sont appelés gardiens. — « Voici que tout-à-coup un ange gardien et un Saint descendirent du ciel. » chap. iv. v.13.

NOTE 6, PAGE 22.

« Alors ce breuvage enivrant de la terre, etc. »

Pour tout ce qui a rapport à la nature et aux attributions des anges, à l'époque de leur création, à l'étendue de leur science, et au pouvoir qu'ils possèdent, ou qu'ils peuvent prendre parfois de remplir les fonctions humaines, comme de manger, de boire, etc., etc., je renverrai ceux qui désireraient de plus amples informations sur ce sujet, aux ouvrages suivans : *Traité sur la hiérarchie céleste*, écrit sous le nom de Denis l'Aréopagiste, dans lequel, parmi beaucoup de choses lourdes et puériles, on trouve quelques notions sublimes sur l'action ou l'influence de ces créatures spirituelles ; — QUESTIONS « *de cognitione angelorum,* » de saint Thomas, dans lesquelles il examine fort au long plusieurs points obscurs, tels que de savoir « si les Anges s'éclairent mutuellement, s'ils se parlent entre eux, etc., etc. » ; — le *Thesaurus de Cocceius,* contenant plusieurs extraits des

ouvrages de presque tous les théologiens qui ont traité
ce sujet;—les neuvième, dixième et onzième chapitres,
du sixième livre de « *l'histoire des Juifs*, » où sont rapportées toutes les rêveries extraordinaires des Rabbins (1)
sur les Anges et les Démons; — les *Questions* attribuées
à saint Athanase ; — le *Traité de Bonaventure*, sur les
ailes des Séraphins (2); et, en dernier lieu, le lourd in-folio
de Suarez « *de Angelis*, » où le lecteur trouvera tout ce
qui a jamais été imaginé ou raisonné sur un sujet que
de *tels* écrivains ont seuls pu rendre aussi ennuyeux.

---

(1) Le passage suivant peut donner une idée de ce bizarre ouvrage : « Les Anges ne savent point la langue chaldaïque; c'est
pourquoi ils ne portent point à Dieu les oraisons de ceux qui
prient dans cette langue. Ils se trompent souvent; ils ont des erreurs dangereuses; car l'Ange de la mort, qui est chargé de faire
mourir un homme, en prend quelquefois un autre, ce qui cause
de grands désordres...... Ils sont chargés de chanter devant Dieu
le cantique : « *Saint, saint est le Dieu des armées* ; mais ils ne remplissent cet office qu'une fois le jour, dans une semaine, dans un
mois, dans un an, dans un siècle ou dans l'éternité. L'Ange, qui
luttait contre Jacob, le pressa de le laisser aller, lorsque l'Aurore
parut, parce que c'était son tour de chanter le cantique ce jour-
là, ce qu'il n'avait encore jamais fait. »

(2) Je n'ai pu consulter cet ouvrage (qui, malgré son titre, est
probablement aussi ennuyeux que tous les autres), l'ayant vaine-
ment cherché dans la Bibliothèque royale à Paris, quoique je
fusse aidé par le zèle et la complaisance de MM. Langlès et Van-
Pradt, dont l'administration libérale de ce très-libéral établis-
sement, leur donne tant de titres à la vive et sincère reconnaissance
du monde littéraire, non-seulement pour l'effet immédiat d'une
telle conduite, mais aussi pour l'exemple utile qu'elle donne.

NOTE 7, PAGE 23.

« Alors la coupe fatale épancha pour la première fois sa
» liqueur sur mes lèvres. »

Quelques-unes des circonstances de cette partie du
poëme m'ont été suggérées par la Légende orientale des
deux anges, Harut et Marut, racontée par Mariti, qui
dit que l'auteur du Taalim fonde là-dessus l'origine de
la prohibition du vin chez les Mahométans. Le Bahar-
danush rapporte l'histoire différemment.

NOTE 8, PAGE 23.

« Pourquoi les anges malheureux partagent-ils avec les
» hommes le fatal privilége de voir ? »

Tertullien imagine que les paroles de saint Paul, « la
femme doit avoir un voile sur la tête (1), *à cause des
anges*, » se rapportent évidemment aux funestes effets
que la beauté des femmes produisit autrefois sur ces
êtres spirituels. Voyez l'étrange passage de ce Père (*de
Virgin. Velandis*), commençant ainsi : « *Si enim propter
angelos*, » etc., où son éditeur, Pamelius, essaie de sauver sa moralité aux dépens de sa latinité, en substituant
le mot *excussat* à *excusat*. De tels exemples d'in-
décorum ne sont, cependant, que trop communs chez

---

(1) Première Épître aux Corinthiens. xi. (Traduction du docteur Macknight, p. 10.)

les Pères de l'Église. Je n'ai besoin pour appuyer cette
assertion, que de renvoyer le lecteur à quelques passages
du Traité du même écrivain, intitulé « *De animâ;* »
aux second et troisième livres du *Pédagogue* de Clément
d'Alexandrie, et aux exemples que La Mothe le Vayer a
tirés de saint Chrysostôme, dans son *Hexaméron Rustique*,
journée seconde.

NOTE 9, PAGE 27.

« Depuis le jour où Lucifer entraîna dans sa chute le tiers
» des étoiles brillantes, etc. »

« Et sa queue entraîna le tiers des étoiles du Ciel, et
les jeta sur la terre. » Revelat. xii, 4, — « Docent sancti
(dit Suarez) supremum angelum traxisse secum tertiam
partem stellarum. » Lib. 7. Cap. 7.

NOTE 10, PAGE 27.

« Rien de si radieux ne s'était élevé, revêtu de la beauté
» terrestre, pour réparer dans les Cieux cette perte de lumière
» et de gloire. »

L'idée des Pères de l'Église était que les vides que
cette chute avait faits parmi les différens ordres des anges, devaient être remplis par la race humaine. Une autre opinion, soutenue par l'autorité du pape, c'est que
ce ne fut que le dixième ordre de la hiérarchie céleste
qui tomba, et que par conséquent, les promotions qui
parfois ont lieu de la terre au Ciel, ne sont destinées
qu'à compléter ce seul *grade* : ou, comme l'explique

Salonius (Dial. in Eccl.) — « Decem sunt ordines angelorum, sed unus cecidit per superbiam, et idcircò boni
angeli semper laborant, ut de hominibus numerus adim-
pleatur, et proveniat ad perfectum numerum, id est, de-
narium. » Selon quelques théologiens, les vierges seules
étaient admises « ad collegium angelorum; » mais l'auteur du (1) « Speculum Peregrinarum Quœstionum » leur
dispute ce privilége exclusif : — « Hoc non videtur ve-
rum, quià multi, non virgines, ut Petrus et Magdalena,
multis etiam virginibus eminentiores sunt. » Decad. 2.
Cap. 10.

NOTE 11, PAGE 30.

« C'était RUBI. »

J'aurais pu choisir peut-être un nom plus poétique ;
mais j'ai voulu par celui-ci (comme par celui de Zaraph
dans la seconde histoire) définir la classe particulière
d'Esprits à laquelle l'ange appartenait. L'auteur du livre
d'Énoch qui estime à deux cents le nombre des anges qui
descendirent sur le mont Hermon, dans l'intention de
faire l'amour aux femmes de la terre, donne les noms de
leurs principaux chefs. — Samyaza, Urakabaramiel,
Akibiel, Tamiel, etc., etc.

Dans le culte hérétique qu'on rendait aux anges, pendant les premiers siècles du Christianisme, une des cé-
rémonies les plus importantes était, à ce qu'il semble, de
les nommer : car cette pratique est expressément défendue

(1) F. Bartholomœus Sibylla.

par le 35ᵉ canon du Concile de Laodicée, ὀνομαζειν τους ἀγγίλους. Josephe mentionne aussi, parmi les rits religieux des Esséniens, leur serment de conserver les noms des anges : συντηρησειν τα των ἀγγελων ὀνοματα. Bell. Jud. lib. II. cap. 8. Voyez sur ce sujet Van-Dale, *de Origine et Progress. idolatr.*, cap. 9.

NOTE 12, PAGE 30.

« Ces brillantes créatures nommées Esprits de Science. »

Le mot chérubin signifie science ou savoir, — τὸ γνοστι-κον αὐτων και Θεοπτικον, suivant l'expression de saint Denis.

De-là vient qu'Ézéchiel, pour exprimer la multiplicité de leurs connaissances, les représente comme « pleins d'yeux. »

NOTE 13, PAGE 32.

« Assembla, dans les bosquets nouvellement créés d'Eden, » les puissances angéliques pour contempler, etc. »

Saint Augustin, parlant sur la Genèse, semble presque admettre que les anges eurent quelque part (*aliquod ministerium*) à la création d'Adam et d'Ève.

NOTE 14, PAGE 38.

« J'avais vu naître la première femme, Ève, dans ce pa-» radis splendide, etc. »

La question de savoir si Eve a été créée *dans* le Pa-

radis, ou *en dehors*, a été l'objet de beaucoup de doutes
et de controverses parmi les théologiens. A l'égard d'A-
dam, tous s'accordent à dire qu'*il* a été créé hors du Paradis. Un commentateur a pris de-là occasion de demander
avec beaucoup de chaleur « pourquoi la femme, qui est
la plus ignoble créature des deux, a-t-elle été créée *dans*
le Paradis? (1) » D'autres, au contraire, regardent cette
distinction comme un juste hommage rendu à la beauté
supérieure et à la pureté de la femme; quelques-uns
poussent le zèle jusqu'à penser que si le lieu de sa création n'était pas déjà le Paradis, il le devint, en son honneur, aussitôt après cet événement. Josephe est un de ceux
qui croient qu'Ève fut formée *en dehors* du Paradis. Tertullien, parmi les Pères, est du même avis; et, parmi
les théologiens, Rupert, qui, pour lui rendre justice,
ne manque jamais l'occasion de montrer ses préventions
contre le beau sexe. Pererius, cependant, (et son opinion
est regardée comme la plus orthodoxe) pense qu'il est
beaucoup plus conforme à l'ordre de la narration de
Moïse, ainsi qu'aux sentimens de Basile et des autres
Pères, de conclure qu'Ève fut créée *dans* le Paradis.

NOTE 15, PAGE 38.

« Témoin aussi de son erreur. »

L'étendue comparative de la faute d'Ève, la propor-
tion qu'elle a avec celle d'Adam, sont d'autres points

---

(1) « Cur denique Evam, quæ Adamo ignobilior erat, formavit
intra Paradisum? »

qui ont exercé le fatigant génie des commentateurs ; et
ils semblent généralement convenir (toujours à l'excep-
tion de Rupert) que, comme Ève n'était pas encore
créée quand la défense fut faite, et que, par conséquent,
elle n'avait pu l'entendre, (conclusion qui se trouve
confirmée d'une manière remarquable par le récit inexact
qu'elle en fait au serpent) (1), sa part du crime de déso-
béissance est beaucoup plus légère que celle d'Adam (2).
A l'appui de cette croyance, Pererius remarque que c'est
à Adam seul que Dieu adresse ses reproches pour
avoir mangé du fruit défendu, parce que l'ordre n'avait
été donné originairement qu'au seul Adam. Un autre commentateur, Hugues de Saint-Victor, pousse la galanterie
au point de regarder ces paroles : « Je mettrai une ini-
mitié entre toi et la femme, » comme une preuve que
le beau sexe fut, dès ce moment, enrôlé au service du
ciel, devant être l'obstacle et le principal ennemi contre
lequel l'Esprit du mal aurait à lutter dans ses excursions
sur ce monde : « Si deinceps Eva inimica Diabolo, ergo
fuit grata et amica Deo. »

---

(1) Rupert considère ces *variantes* comme faites avec intention et prévarication ; il y voit le premier exemple d'une fausse
interprétation volontaire des paroles de Dieu, faite dans le but
de seconder la corruption et les mauvais penchans de la nature
humaine. (Voyez *De Trinitat.*, lib. III, cap. 5.)

(2) Caietanus prononce que l'offense d'Ève est : « minimum
peccatum. »

NOTE 16, PAGE 39.

« La nommer, le croirez-vous?.... sa vie, sa chère vie ! »

Chavah (ou Èva, comme dans la version latine) a la même signification que le mot grec Zoe.

Épiphane, entre autres, n'est pas peu surpris de voir Adam donner ce nom à Ève, aussitôt après ce terrible arrêt de mort: *Tu es poussière*, etc., etc. (1). Quelques commentateurs pensent que ce nom est un sarcasme prononcé par Adam dans la première amertume de son cœur : dans le même esprit d'ironie (dit Pererius) que celui des Grecs en nommant leurs furies *Euménides*, ou Douces (2). Mais l'évêque de Châlons rejette cette supposition : « Explodendi sanè qui id nominis ab Adamo per ironiam inditum uxori suæ putant ; atque quod mortis causa esset, amaro joco vitam appellasse (3). »

Avec le même spleen contre les femmes, quelques-uns de ces « distillateurs des Saintes Lettres » (comme les nomme Bayle), en traduisant le texte, « je lui ferai une compagne *assortie à lui*, » rendent ainsi ces trois derniers mots, « *contre* ou *contraire* à lui, » (interprétation à laquelle il paraît que l'original peut se prêter), et les représente comme une prophétie des contradictions et des

---

(1) Και μετα το ακουσαι , γη ει και ει; γην απελευση, μετα την παραβασιν. Και ην θαυμαστον οτι μετα την παραβασιν ταυτην την μεγαλην εσχεν επωνυμιαν. (*Hæres*., 78, § 18. T. 1, édit. Paris. 1622.)

(2) Lib. vi, p. 234.

(3) Pontus Tyard (*de Recta nominum Impositione*, p. 14)

perplexités que les femmes font éprouver aux hommes dans
le cours de la vie.

Il est assez étrange que ces deux exemples de la mali-
gnité des commentateurs aient échappé aux recherches de
Bayle, dans son curieux article sur Ève. Il aurait trouvé
un autre sujet de discussion également à son goût, dans
la ridicule dissertation de Gataker sur la connaissance
qu'avait Ève de τεχνη ὑφαντικη, et sur la notion d'Epi-
phane, qu'elle lui fut enseignée dans une révélation
particulière du ciel. — Miscellan. lib. 11, cap. 39, pag. 200.

NOTE 17, PAGE 46.

« O idole de mes rêves ! qui que tu sois, mortel, ange, ou
» demi-dieu ! »

Dans un article sur les Pères de l'Église, qui parut,
il y a quelques années, dans la Revue d'Édimbourg (n° 47),
et auquel j'ai emprunté quelque chose pour ces notes
(ayant sur lui le droit de « quiddam notum *propriumque* »
que Lucrèce donne à la vache sur le veau), on trouve
la remarque suivante : « La croyance d'un commerce
entre les anges et les femmes, fondée sur une fausse version
du texte de la Genèse, est une de ces idées extravagantes
de saint Justin et des autres Pères, qui démontre combien
ils étaient encore peu affranchis des grossières supers-
titions de la mythologie païenne, et qui prouve, qu'à
beaucoup d'égards, leur Ciel n'était que l'Olympe sous
un autre nom. Cependant on peut difficilement leur en
vouloir de cette erreur, lorsque l'on se rappelle que nous
devons peut-être à leurs anges amoureux, le monde fan-

tastique des Sylphes et des gnômes, et que nous ne pos-
séderions probablement pas aujourd'hui le plus délicieux
poëme de Pope, si la version des Septante eût rendu fidèlement le texte de la Genèse.

Le passage suivant du comte de Gabalis, choisi entre
plusieurs autres, est un de ceux qui confirment cette remarque : — « Ces enfans du ciel, s'étant fait aimer des
filles des hommes, engendrèrent des géans ; et les
mauvais cabalistes Josephe et Philon (comme tous les Juifs
sont ignorans), et après eux tous les auteurs que j'ai
nommés tout à l'heure, ont dit que c'était des anges, et
n'ont pas su que c'était les Sylphes et les autres peuples
des élémens, qui, sous le nom d'enfans d'Éloim, sont
distingués des enfans des hommes. » Voyez Entretien
Second.

NOTE 18, PAGE 50.

« Tant elle était fière de l'amour de son chérubin ! »

« Nihil plus desiderari potuerint quæ angelos possi-
debant, — magno scilicet nupserant. » Tertullien, de Habitu Mulieb., cap. 2.

NOTE 19, PAGE 51.

« Alors, pour la première fois, les diamans, semblables à
» des yeux qui brillent au milieu des ténèbres, furent sur-
» pris dans leur retraite obscure, etc. »

« Quelques gnomes, désireux de devenir immortels,
avaient voulu gagner les bonnes grâces de nos filles, et

leur avaient apporté des pierreries dont ils sont gardiens
naturels : et ses auteurs ont cru, s'appuyant sur le livre
d'Enoch mal entendu, que c'étaient des piéges que les
anges amoureux », etc. etc. — Comte de Gabalis.

Tertullien attribue tous les principaux ornemens qui
composent la parure des femmes, tels que les colliers,
les bracelets, le rouge, la poudre noire pour les cils, aux
recherches que firent ces anges déchus, dans les retraites
les plus cachées de la nature, et aux découvertes qu'ils
étaient à même de faire, grâce à leur divinité, de tout
ce qui pouvait orner la beauté de leurs favorites terrestres. Le passage est si remarquable que je le citerai
en entier : — « Nam et illi qui ea constituerant, dam-
nati in pœnam mortis deputantur : illi scilicet angeli,
qui ad filias hominum de cœlo ruerunt, ut hæc quoque
ignominia fæminæ accedat. Nam cùm et materias quas-
dam bene occultas, et artes plerasque non benè reve-
latas, seculo multò magis imperito prodidissent (siqui-
dem et metallorum opera nudaverant, et herbarum
ingenia traduxerant, et incantationum vires provulgave-
rant, et omnem curiositatem usque ad stellarum inter-
pretationem designaverant (propriè et quasi peculiariter
fæminis instrumentum istud muliebris gloriæ contule-
runt : lumina lapillorum quibus monilia variantur, et
circulos ex auro quibus brachia arctantur; et medica-
menta ex fuco, quibus lanæ colorantur, et illum ipsum
nigrum pulverem quo oculorum exordia producuntur. »
De Habitu Mulieb. Cap. 2. — Voyez aussi « De Cultu
Fæm., » cap. 10.

NOTE 20, PAGE 52.

« Qui ajoute une nouvelle force à l'*aimant* de ses char-
» mes (1). »

La même image, appliquée aux attraits de la femme, se
trouve dans un singulier passage de saint Basile ; dont
voici la conclusion : « Δια την ενουσαν κατα του αρρενος αυτης
φυσικην δυναθειαν, ως σιδηρος, φημι, πορρωθεν μαγνετις,
τουτο προς εαυτον μαγγανευι. (*De Verá Virginitat.*, T. Ier,
p. 727.)

Cependant, il est juste d'ajouter que Hermant, bio-
graphe de saint Basile, a déclaré qu'il regardait ce traité
très-profane, comme apocryphe ou altéré.

NOTE 21, PAGE 52.

« Oh! ne la regarde pas ainsi, mon amour, etc. »

Je sens bien que ces charmantes paroles de lord Al-
bemarle perdent beaucoup de leur grâce et de leur
sentiment, en passant par toute autre bouche que celle
d'un amant mortel.

---

(1) Je n'ai pu rendre autrement le texte dont voici la traduction
littérale : « Ni cette parure rare et pleine de goût qui rend le
puissant aimant, enchâssé dans les formes de la femme, plus puissant encore. »

15

NOTE 22, PAGE 54. (à la note).

Saint Clément d'Alexandrie est un de ceux qui supposent que la connaissance de ces sublimes doctrines était venue de quelques révélations des anges. (Stromat. lib. V, p. 48.) Saint Cassien et d'autres, font sortir de la même source toutes les sciences impies, telles que la magie, l'alchimie, etc. « Ce fut des anges tombés (dit Zozime) que nous vint toute cette misérable science qui n'est d'aucune utilité pour l'ame. » παντα τα πονηρα και μηδεν ωφελουντα την ψυχην. (Apud Phocium.)

NOTE 23, PAGE 54.

« Cette faible lueur s'échappant des signes du Zodia-
» que, etc. »

« La lumière zodiacale n'est autre chose que l'atmosphère du soleil. » (Lalande.)

NOTE 24, PAGE 73.

« Telle qu'elle est gravée sur les tablettes qui furent jadis
» sauvées du déluge par Cham. »

Les colonnes de Seth sont ordinairement regardées comme les dépositaires de la science anté-diluvienne; mais on n'y trouva que des secrets astronomiques. J'ai donc préféré ici les tablettes de Cham, comme renfermant des informations plus variées. Jablonski en parle

ainsi, d'après Cassien : « Quantùm enim antiquæ tra-
ditiones ferunt Cham filius Noæ, qui superstitionibus ac
profanis fuerit artibus institutus, sciens nullum se posse
superbis memorialem librum in arcam inferre, in quam
erat ingressurus, sacrilegas artes ac profana commenta
durissimis, insculpsit lapidibus. »

NOTE 25, PAGE 73.

« Celle de ce jeune Ange y était ainsi tracée. »

Pachymère, dans sa paraphrase du livre de *Divinia No-
minibus*, de saint Denis, dit, en parlant de l'incarnation
du Christ, que c'était de tout temps un mystère ineffa-
ble, inconnu même au premier et au *plus vieil ange*. » Il
justifie cette dernière assertion par l'autorité de saint
Jean dans l'Apocalypse.

NOTE 26, PAGE 74.

« Cercles de lumière qui, s'éloignant du centre éternel,
» transmettent ses rayons de tous côtés. »

Voyez dans le treizième chapitre de saint Denis, ses
notions sur la manière dont le rayon de Dieu se com-
munique, d'abord aux intelligences qui sont près de lui,
puis à celles qui s'en éloignent, perdant graduellement de
son éclat, à mesure qu'il traverse un milieu plus dense :
προσβαλλουσα δε ταις παχυτεραις υλαις, αμυδροτερον εχει την
διαδοτικην επιφανειαν.

NOTE 27, PAGE 79.

« Alors le front de la vierge porta, pour la première fois,
» cette guirlande d'hyménée qu'un second vœu ne peut ni
» replacer, ni faire refleurir après qu'elle est fanée. »

Dans l'Eglise catholique, lorsqu'une veuve se marie,
je crois qu'on ne lui permet pas de porter de fleurs sur
sa tête. Les anciens Romains honoraient d'une couronne
pudique *corona pudicitiæ*, celles qui n'entraient qu'une
fois dans l'état du mariage.

NOTE 28, PAGE 80.

« Jusqu'à celle qui se glissa près du tabernacle pour sur-
» prendre les secrets des Anges. »

Sara.

NOTE 29, PAGE 81.

« Deux splendeurs tombées. »

Les Séphiroths sont les ordres supérieurs de l'être
émané dans l'étrange et incompréhensible système de la
Cabale juive. Ils ont différens noms, la Pitié, la Beauté, etc.
On suppose que leurs influences agissent à travers certains canaux, qui communiquent les uns aux autres. Le
lecteur peut juger de la raison de ce système, par l'ex-
plication suivante : « Les canaux qui sortent de la

Miséricorde et de la Force, et qui vont aboutir à la Beauté, sont chargés d'un grand nombre d'Anges. Il y en a trente-cinq sur le canal de la Miséricorde, qui récompensent et qui couronnent la vertu des Saints, etc., etc. Voyez dans l'utile abrégé de Brucker, par Enfield, un exposé concis de la Philosophie cabalistique.

NOTE 30, PAGE 81.

« De cet arbre qui fleurit éternellement. »

On les représente quelquefois sous la figure d'un arbre..... « L'Ensoph, qu'on met au-dessus de l'arbre Séphirotique, ou des Splendeurs divines, est l'Infini. » (Histoire des Juifs, liv. ix, chap. 11.)

FIN DES NOTES DES AMOURS DES ANGES.

TABLE

DES MATIÈRES

CONTENUES DANS CE VOLUME.

FIN DE LA TABLE DES MATIÈRES.

www.ingramcontent.com/pod-product-compliance
Lightning Source LLC
Chambersburg PA
CBHW061448030726
47503CB00005B/1618